Impressum:

© 2020 Regina Endraß

Titelbild: © Tartila by Adobe Stock
Standardlizenz Vektorgrafiken: Freepik.com
Satz: Angelika Fleckenstein, Spotsrock

ISBN 978-3-347-11149-3 (Paperback)
ISBN 978-3-347-11151-6 (e-Book)

Verlag und Druck:
tredition GmbH
Halenreie 40–44
22359 Hamburg

Regina Endraß

Und mittendrin kam die Kraft

In der Mitte des Lebens ändert sich die Blickrichtung. Von der scheinbaren Endlosigkeit hin zur Endgültigkeit, unwissend, ob wir überhaupt in der Mitte sind oder nicht doch schon kurz vor dem Ende.

Die noch junge Lisa sucht ihren Weg. Selbstzweifel und Versagensängste erlebt sie dabei wie riesige Wellen, die sich vor ihr aufbäumen und unbezwingbar erscheinen. Mit den Jahren lernt sie, in diese Herausforderungen des Lebens mutig einzutauchen. Mit jedem Mal gewinnt sie an Kraft und Zuversicht.

In der voraussichtlichen Mitte ihres Lebens glaubt sie, alles Wichtige erreicht zu haben. Doch die Sehnsucht bleibt und sie spürt, dass ihr Weg ganz woanders hinführt. Ihm zu folgen ist weniger eine Entscheidung, eher eine Notwendigkeit.

Eine Geschichte über die Liebe und andere Unwägbarkeiten des Lebens. Vor allem aber erzählt sie von Menschen, die ihren Weg finden, indem sie ihrer Intuition vertrauen.

Für Nadine

„Ich habe geträumt, nicht von dir, nicht von dieser Welt.
Von mir habe ich geträumt, als wäre ich die Welt und
nichts könnte mich abhalten,
meinen Weg zu gehen.“

2002

Sie saßen schon eine ganze Weile im Dunkeln, ihren Gedanken nachhängend. Er drehte sich eine Zigarette, zündete sie an, gab sie ihr und sagte: „Ist es nicht ein Wunder, dass wir beide zusammen sind?"

Sie nahm einen tiefen Zug und blies kleine Rauchkringel in die Dunkelheit. Sie stiegen langsam in den vom Mond erhellten Nachthimmel. Eine dieser seltenen glasklaren Nächte.

„Warum, wäre es nicht eher ein Wunder, wenn wir nicht zusammen wären?"

„Wieso, wie meinst du das denn schon wieder? Lass uns bitte nicht wieder diskutieren. Ich glaub, da geh ich lieber ins Bett." Er nahm sein Glas und verschwand.

Sie saß noch lang im Dunkeln, rauchte und dachte darüber nach, wie sehr sich Klaus verändert hatte, oder war sie selbst diejenige? Seit einiger Zeit beschränkte sich ihre Beziehung auf gelegentlichen Sex und die Bewältigung des Alltags. Für die meisten Beziehungen wahrscheinlich Standard und völlig normal, aber Lisa fehlte was. Etwas, was schwer mit einem Wort zu benennen war, etwas … ja, was eigentlich? Zum Beispiel hätte sie gerade wirklich gerne gemeinsam mit ihm darüber nachgedacht, ob es nun ein

Wunder ist, dass sie zusammen sind, oder ob es eines wäre, wenn sie nicht zusammen wären. Oder war es so oder so das Gleiche? Wenn es ein Wunder wäre, egal ob sie zusammen sind oder nicht, wäre es dann auch egal, ob sie zusammen sind oder nicht?

Der Mond schien prall und hell ins Fenster. Obwohl todmüde, konnte sie kein Auge zu tun. Sie liebte diese Nächte, allein in der Dunkelheit. Sie starrte in den Mond und sah ganz deutlich seine Berge. Er schien so nah zu sein. Einsamkeit umhüllte sie, ein wohlbekanntes Gefühl, und immer diese Sehnsucht nach mehr. Nichts hatte sich geändert, sie war wohl nur älter geworden.

Wie gut sie dieses Gefühl kannte, dass ihr die vorhandenen Wörter nicht genügten. Gäbe es mehr Wörter, so dachte sie, könnte ich mich vielleicht besser verständigen. Immer muss ich alles, was ich sage, sofort wieder mit anderen Worten erklären.

Wenn unsere Beziehung für uns eine tiefere Bedeutung hat, wäre es dann nicht wirklich ein Wunder, wenn wir nicht zusammen wären? Hat ein Wunder nicht etwas mit sich darüber wundern zu tun? Und wäre dann unsere Beziehung nicht bedeutungslos, wenn sie ein Wunder ist? Sie fand keine Antwort darauf, heute nicht mehr.

Der Morgen war kühl und leise. Sie lag schon eine Weile wach zwischen Traum und Wirklichkeit. Als die Haustüre von außen zugezogen wurde, stand sie auf. Tiefe Nebel hingen in den Bäumen und der erste Raureif überzog das Gras. Jetzt kam wieder ihre Zeit!

Wehmütig blätterte sie durch ihr altes Tagebuch, keines im klassischen Sinne, sondern mehr eine Sammlung ihrer Gedanken und Gefühle die sie versucht hatte in Worte zu formulieren. Sie blieb bei einem Eintrag vom 5.11.1986 hängen und las ihre Gedanken, die sie vor rund 16 Jahren aufgeschrieben hatte:

> *Und wenn ich nicht wüsste,*
> *dass jetzt meine Zeit kommt,*
> *ich müsste mich fragen*
> *was es ist.*
> *Immer dasselbe Lied,*
> *immer die gleiche Sehnsucht*
> *und diese ewige Melancholie,*
> *Tagträume,*
> *ständig, unwirklich, unrealisierbar.*
> *Gut, dass ich weiß,*
> *dass jetzt meine Zeit kommt.*
> *Alles geht einem Ende entgegen,*
> *und ich leide mit den Dingen,*
> *mit jedem Baum,*
> *der seine Blätter lässt,*
> *mit jedem Grashalm,*
> *der keine Kraft mehr zum Wachsen aufbringt.*

Ich leide mit der Welt,
die sich vom Nebel einfangen lässt
und ich bewundere sie gleichzeitig,
weil sie trotzdem,
oder vielleicht gerade deswegen,
so wunderschöne Bilder abgibt.
Meine Zeit ist wieder da,
trauernd und zugleich begierig,
lasse ich mich auf sie ein.

Dieses Gefühl kannte sie auch heute noch gut, auch die damit verbundene Angst. Verdammt, dachte Lisa, die Zeit zieht einem zwar Falten ins Gesicht, aber sie nimmt einem nicht die Angst!

Da war dieses Bild, Lisa als kleines Mädchen, das nie ein Mädchen sein wollte, wie sie mit bloßen Händen Gräber aushob, für kleine Vögel, die aus dem Nest gefallen waren. Dutzende von kleinen, geflochtenen Holzkreuzen waren unter den Büschen, wohin sie sich als Kind immer zurückgezogen hatte. Die anderen Kinder grinsten verständnislos. Irgendwie war sie dem Tod schon immer näher gewesen als dem Leben.

Sie konnte sich nicht mehr erinnern, wann sie aus dem Nest gefallen war. Seit sie denken konnte, war da dieses Gefühl des nicht aufgehoben seins.

Sie ging erst nach draußen, als Leben auf den Straßen war. Das geschäftige Tun der Leute machte ihr irgendwie Mut. Wie wenn sie dazu gehören würde, ging sie zielstrebig durch die Stadt. Sie funktionierte, jeden Tag aufs Neue. Sie hätte nie gedacht, dass sie einmal selbständig sein würde, und sich ein Leben ohne das *Gloria* nicht mehr vorstellen konnte. Auch wenn sie der Gedanke daran nicht mehr losließ.

Der Mann hinter dem Bankschalter grinste dämlich übers ganze Gesicht und streckte ihr, in dem Glauben, ihr damit einen riesengroßen Gefallen zu bereiten, unaufgefordert ihre Kontoauszüge entgegen. Sie versuchte, diesen verhassten Anblick mit einem ähnlich dämlichen Grinsen zu erwidern und flüchtete nach draußen. Oh Gott, irgendwann klatsche ich dir eine vor allen Leuten!

Er hatte ihr wiederholt aufgelauert, wurde aufdringlich und versuchte sie zu betatschen. Damals war sie kurz davor, ihn mit voller Wucht in seinen „Allerwertesten" zu treten.

Warum hab ich's bloß nicht getan? Vielleicht hätte er dann gewimmert wie sein dämlicher Hund (obwohl der Hund ja nichts dafürkonnte). Und vielleicht hätte er dann mal was kapiert?

Sie spürte ihre Aggression ansteigen. Doch sie ärgerte sich vor allem über sich selbst. Über ihre Unsicherheit und ihre Verletzlichkeit. Immer noch konnten sie solche Typen aus dem Gleichgewicht bringen. Ihre

Mauer war so brüchig und gleichzeitig so sinnlos geworden. Sie machte sie schwerfällig und hart und sie sehnte sich nur noch nach Leichtigkeit und vollkommener innerer Freiheit. Das Leben erschien ihr plötzlich viel zu kurz für all das, was sie noch lernen wollte. Am liebsten hätte sie sich jetzt selbst geschlagen, für all ihre Mutlosigkeit und Trägheit!

Im Büro angekommen, lächelten ihr alle freundlich entgegen. Claudia, ihre Mitarbeiterin, kam ihr, das Telefon in der Hand, hastig entgegengelaufen:

„Guten Morgen Lisa, Telefon für Dich!"

„Morgen, danke." Aus ihren Gedanken gerissen, nahm sie den Hörer in die Hand. „Guten Tag, Lisa Vogel am Apparat..."

„Hallo, Lisa, ich bin's!"

„Marion, wie geht's?"

„Ich muss dringend mit dir sprechen, kannst du dir frei nehmen?"

„Was, jetzt gleich?"

Was hat sie bloß wieder angestellt! Marion war ihre beste Freundin, um nicht zu sagen, die einzige. Natürlich kannte sie viele Menschen, aber mit Marion war das etwas anderes. Seit der Schulzeit kannten sie sich, und später hatten sie einige Jahre lang zusammengewohnt.

Während Marion die Fachoberschule absolvierte und später Soziologie studierte, versuchte sich Lisa in verschiedenen Ausbildungen, die sie aber alle nicht beendete. Trotzdem hatte das ihrer Freundschaft nicht geschadet, das nicht. Die gemeinsam erlebte Jugend hatte sie verbunden und lange Zeit dachte Lisa, dass sie auch nichts je trennen konnte.

Marion war mittlerweile auch selbständig, und seit Lisa das *Gloria* hatte, hatten sie beide wieder eine ähnliche berufliche Situation. Für Lisa war Marion im Grunde genommen die einzige Frau, die sie wirklich ernst nehmen konnte. Mit den meisten Frauen konnte Lisa nicht allzu viel anfangen. Sie waren ihr meistens zu oberflächlich.

Marion dagegen war eine starke und vielseitige Persönlichkeit, mit Hirn und Gefühl, und sie konnte eine beinahe unheimliche Power an den Tag legen. Letzteres liebte Lisa ganz besonders an Marion. Für keine andere Frau konnte sie je auch nur annähernd ähnliche Gefühle entwickeln.

Wenn sie sie jetzt gleich sprechen wollte, dann musste es einfach wichtig sein. Wie konnte sie das abschlagen, schließlich war sie selbständig und konnte arbeiten wann sie wollte.

„Gut, wo soll'n wir uns treffen?"

„Ich komm zu dir, ja?"

Schweigend saßen sie vor ihren dampfenden Kaffeetassen und sahen sich an. Marion sah irgendwie verändert aus. Da war so ein geheimnisvolles Funkeln in ihren Augen.

„Schieß los, Mädel!"

„Lisa, ich hab einen Mann kennengelernt!"

„Und deswegen holst du mich von der Arbeit, bist du noch zu retten?"

„Gute Frage! Tut mir leid Lisa, aber ich musste es jetzt einfach loswerden. Zu lange schon fress ich's in mich rein. Ich muss darüber reden, vielleicht wird es mir dann etwas klarer."

„Über was willst du dir klar werden?"

„Jetzt frag nicht so blöd, schließlich bin ich glücklich verheiratet und außerdem Mutter. Ich bin vollkommen durcheinander und kann ihn einfach nicht vergessen, und ich habe einfach noch nie zwei Männer gleichzeitig geliebt und ...!"

„Du hast dich verliebt. Bist du dir sicher?"

So kannte sie Marion gar nicht. Gleichzeitig wurde ihr irgendwie unbehaglich, kroch da etwa der Neid in ihr hoch? Sie sehnte sich in letzter Zeit auch öfter danach, umschwärmt und umschmeichelt zu werden. Gleichzeitig konnte sie im Moment mit den wenigsten Menschen etwas anfangen, geschweige denn mit anderen Männern.

Marion redete und schwärmte ununterbrochen, und das Funkeln in ihren Augen wurde immer stärker, bis es sich endlich in riesigen Krokodiltränen löste.

„Ich glaube, jetzt brauchst du erst mal einen Schnaps!"

Marion kippte zwei Grappas hintereinander weg, schnaufte sehnsüchtig und lehnte sich zurück.

„Na siehst du, jetzt geht's dir doch besser. Wie hast du ihn eigentlich kennengelernt?"

„Das ist ja auch so eine verrückte Geschichte! Ich war doch letzten Monat auf dieser Fortbildung, du weißt schon. Ich wollte diesmal mit dem Zug fahren. Und am Tag vorher dachte ich an diese öde Zugfahrt und den anschließenden einsamen Abend und ob ich nicht doch besser mit dem Auto fahren sollte … Und im selben Moment hatte ich so eine Art „Tagtraum", du kennst das ja."

Natürlich kannte sie das. Marion war die einzige, der sie je davon erzählt hatte. Die meisten ihrer Tagträume behielt sie jedoch für sich. Schließlich waren diese „Botschaften" nur für sie bestimmt. Meistens waren es eher nebensächliche Dinge. Die letzte wichtige Intuition dieser Art hatte sie vor zwei Wochen:

Beim Frühstücken ging sie ihren Tagesplan durch. Dabei fiel ihr ein, dass sie nicht wie geplant mit dem Fahrrad, sondern mit dem Auto zur Arbeit musste. Da war nämlich noch der Termin beim Steuerberater. Auf der Autobahn hatte sie keine 10 Minuten dorthin, über die Landstraße waren es allerdings gut 20 Minuten.

Wie immer hatte sie es eilig. Kurz vor der Autobahnauffahrt sah sie plötzlich ein Bild von einem schlimmen Unfall. Die ganze Autobahn war gesperrt, mehrere Polizeiwagen standen dort, Feuerwehrleute und Sanitäter liefen hastig umher und ein Hubschrauber stand in der Luft. Im selben Moment bekam sie am ganzen Körper eine Gänsehaut. Tief von innen heraus wurde ihr eisig kalt. Sie stieg unwillkürlich auf die Bremsen, dass die Reifen quietschten. Der Typ im Wagen hinter ihr fluchte und hupte und raste schimpfend an ihr vorbei. Was, um alles in der Welt, war das? Verunsichert kehrte sie mitten auf der Straße um und nahm nun doch die Landstraße.

Später im Büro fragte Claudia, ob sie von dem schrecklichen Unfall vorhin auf der Autobahn schon gehört hatte. Ihr fiel die Kaffeetasse aus der Hand und die heiße, hellbraune Flüssigkeit sog sich in ihre neue Hose.

„Ja, ich kenne diese Eingebungen!"

Marion erzählte aufgeregt weiter. „Weißt du, ich hatte plötzlich so ein inneres Bild einer spannenden Begegnung, ich weiß auch nicht, aber ich habe mich dann fast automatisch für den Zug entschieden …"

„Hört sich gut an!"

„Ja, so war es auch."

„Dieses Bild ging also in Erfüllung?"

„Nicht nur das, es war alles noch viel schöner … Zuerst war die Zugfahrt so öde wie ich sie mir vorgestellt hatte. Nichts passierte und ich lachte über mich selbst und über meine „Träumereien". Aber du kennst mich ja, ich hab's mir dann trotzdem schön gemacht, hab viel gelesen und nachgedacht, vielleicht auch, um mich abzulenken. Zu guter Letzt hatten wir auch noch Verspätung und ich kam erst nach neun an. Was sollte ich schon tun mit dem angebrochenen Abend. Auf dem Weg zum Hotel sah ich eine nette Kneipe. Ich dachte, da gehst du nachher ganz gemütlich was essen und genießt eben alleine den restlichen Abend. Doch als ich dann später loszog, bin ich, irgendwie instinktiv, in die genau entgegengesetzte Richtung gelaufen. Und habe mich, fast zielstrebig, in die nächstbeste Kneipe gesetzt. Nach einer Weile kam ein Mann, auch alleine, und setzte sich an den Tisch neben mir. Erst dachte ich mir gar nichts dabei, aber dann trafen sich unsere Blicke immer wieder und wir kamen ins Gespräch. Plötzlich war mir ganz klar, das musste die Begegnung sein. Wie selbstverständlich saß er an meinem Tisch und wir redeten und redeten. Anschließend sind wir dann noch woanders auf ein Bier gegangen. Und dann war's passiert … Wir waren uns plötzlich so vertraut! Ich wünschte, der Abend würde ewig dauern und doch bin ich letztlich alleine auf mein Zimmer gegangen."

„Warum?"

„Ach, Lisa, du kennst mich doch, ich bin da halt nicht so spontan wie du und ich hatte auch ein schlechtes Gewissen gegenüber Rainer. Irgendwie ging mir einfach alles zu schnell."

„So spontan wie ich, was soll das denn heißen! Warst früher nicht du diejenige, die einen nach dem anderen abgeschleppt hatte! Und zwar ohne dir irgendwelche Gedanken darüber zu machen."

Damals, als sie noch zusammenwohnten, beide jung und neugierig, hatte sie den Eindruck, dass Marion im Gegensatz zu ihr keine Schwierigkeiten mit Männern hatte. Sie ließ sich immer auf alles ein, was so auf sie zukam. Überhaupt, dachte Lisa, war Marion irgendwie lebenslustiger. Lisa beneidete sie darum, sie selbst war viel schüchterner und zurückhaltender gewesen. Im Grunde, dachte sie, habe ich schon damals viel zu viel überlegt, anstatt einfach zu handeln. Aber sie hatten eine wundervolle Zeit zusammen verbracht. Alles war viel leichter und sie lebten nach der Devise, wir haben noch das ganze Leben vor uns! Jetzt, so schien es ihr manchmal, wendete sich das Blatt allmählich und sie gingen doch eher schon dem Ende entgegen. Das Leben war nicht mehr so unendlich weit, die Grenzen wurden spürbarer. Die Mitte war schon bald erreicht …

Offensichtlich ging es Marion genauso wie ihr. Auch sie wägte jetzt sorgfältig ab, bevor sie sich auf etwas einließ. Einerseits wollte sie diesen Mann, andererseits aber nicht die Beziehung mit Rainer aufs Spiel setzten. Das konnte Lisa nur zu gut verstehen. Dennoch hatte sie seit einigen Monaten immer wieder solche „Anwandlungen", doch endlich einmal die Grenzen zu überschreiten. „Rücksichtslos" einfach tun, was sie meinte tun zu müssen.

„Und was ist jetzt mit euch beiden?"

„Wir telefonieren ständig und führen stundenlange Gespräche. Ich versuche, ihn zu vergessen, aber es gelingt mir nicht. Ich glaube, ich bin wirklich verknallt. Aber dann denke ich wieder, dass ich mir nur alles einbilde und mich da in etwas hineinsteigere, was mit dem Menschen an sich überhaupt nichts zu tun hat. Ich meine, ich kenne ihn doch kaum. Vielleicht will ich mich einfach nur einmal wieder umschwärmt und begehrt fühlen! Du weißt, Rainer und ich mögen uns sehr, und ich möchte mit ihm zusammen sein und bleiben. Ich habe keinen wirklichen Grund mich in die Arme eines anderen zu werfen."

„Tja, was ist schon ein wirklicher Grund? Die Dinge passieren eben, weil sie passieren wollen. Sie brauchen keinen Grund dafür. Aber du erlebst sie auch nur dann, wenn du sie zulässt. Und du hast diese Situation ja regelrecht herbeigeahnt!"

„So ist es wohl. Lisa, ich weiß nicht, was ich tun soll."

„Was möchtest du denn tun?"

„Alles und nichts. Einerseits möchte ich ihn wiedersehen, um herauszufinden, ob ich ihn dann immer noch so toll finde. Andererseits habe ich Angst davor, denn wenn dies so wäre, möchte ich ihn vielleicht nie wieder loslassen!"

„Ich glaube, du solltest den Dingen ihren Lauf lassen. Lass es auf dich zukommen und tu dann das, was du in diesem Moment für richtig hältst. Im Grunde hast du doch gar keine andere Wahl. Es sei denn, du möchtest deine Gefühle mit Gewalt unterdrücken."

Auch wenn sie jetzt ihrer besten Freundin womöglich dazu geraten hatte, ihren Mann zu betrügen und eventuell sogar ihre Beziehung aufs Spiel zu setzten, es war ihre ehrliche Meinung. Allerdings, bei dem Gedanken daran, dass die Beziehung der beiden dadurch kaputt gehen könnte, wurde ihr ganz unbehaglich. Rainer und Marion ergänzten sich prima, und sie hatten eine Partnerschaft, wie man sie nur selten fand.

Ungute Erinnerungen erfassten Lisa eiskalt. Als damals Marion, frisch verliebt, ihr ihren Rainer vorstellte, wusste sie, das war etwas Ernstes. Es wurde ernst, und Marion und Lisa schlitterten in die einzige wirkliche Krise ihrer Freundschaft. Lisa zog aus und Rainer ein. Sie musste gehen, ihm aus dem Weg gehen! Normalerweise hatten sie bei Männern nicht unbedingt den gleichen Geschmack, aber bei Rainer war eben alles anders.

Einige Jahre lang hatten Lisa und Marion keinen Kontakt mehr. Und dann bekam Lisa eines Tages eine Karte mit einem Foto von einem kleinen runzligen Baby, Marions Tochter …

„Wahrscheinlich hast du recht, was sonst sollte ich

tun? Ich muss ihn wiedersehen, vielleicht weiß ich dann, was das alles bedeuten soll! Aber jetzt genug davon. Wie geht's dir eigentlich?"

„Ich schätze, diese Frage kann ich dir heute nicht mehr beantworten. Nur so viel, alles ist irgendwie im Aufbruch und nichts tut sich."

„Komm, stoßen wir an, auf den Aufbruch und die Liebe!"

Sie tranken noch einen Grappa, umarmten sich liebevoll und stürzten sich wieder in ihre Arbeit.

Abends kam Lisa todmüde aus dem Büro. Klaus war noch nicht zu Hause. Sie legte sich aufs Sofa und dachte nach. Das Gespräch mit Marion hatte sie ganz schön geschafft. Eigentlich war es nicht das Gespräch, vielmehr die Erinnerungen, die dadurch wieder zum Leben erweckt wurden.

Die Erinnerungen an ihre damalige Zeit und die Erinnerungen an den Beginn ihres inneren Aufbruchs!

Ja, Jo war dieser Mann, mit dem es wohl angefangen hatte, und von dem sie nicht mehr wusste als seinen Vornamen. Sie wusste nicht, wie alt er war, wo er wohnte noch was er arbeitete, einfach gar nichts.

Es war einer dieser Abende, an denen sie sich mal wieder austoben wollte. Wie meistens hatte Klaus keine Lust mitzugehen und sie verließ das Haus spät abends enttäuscht, mit Wut im Bauch und der Gier nach Leben!

Sie fuhr in ihre „Stammkneipe". Eine Disco auf dem Land mit ausgefallener Musik. Hier, unter all den verkrachten Existenzen, konnte sie sich gehen lassen und fühlte sich oft aufgehobener als sonst wo. Sie liebte die Strecke dorthin, es gab nichts Schöneres als nachts übers Land zu fahren.

Dort angekommen, ließ sie sich von der Musik treiben. Sie tanzte wie eine Verrückte, als könnte sie damit alles abschütteln. Wie in Trance, spürte sie keinen Boden mehr unter ihren Füßen. Sie fühlte sich ganz leicht und wirbelte über die Tanzfläche, ähnlich einem tanzenden Derwisch, der sich solange um sich selbst dreht, bis er sich gefühlt irgendwo zwischen Himmel und Erde befindet.

Lange Zeit registrierte sie nichts und niemanden mehr. Als sie schwer keuchend langsam wieder zu sich kam, sah sie, dass außer ihr nur noch ein Mann auf der Tanzfläche war, der ihr immer näherkam und schon bald mit ihr tanzte. Sie hatte ihn hier noch nie gesehen und sie konnte ihm nicht widerstehen. Sie tanzten bis in die Nacht, mal wild, mal eng, bis sie vollkommen erschöpft und bis auf die Haut nass geschwitzt waren.

Er sagte: „Ich bin Jo und ich glaube, ich brauche jetzt frische Luft!"

„Ich bin Lisa und ich komme mit nach draußen."

Es war im wahrsten Sinne des Wortes eine heiße Sommernacht. Sie standen vor der Tür und warfen sich einen vielsagenden Blick zu. Die Spannung zwischen ihnen war kaum noch zu ertragen. Er war sozusagen ein Mann wie aus dem Bilderbuch. Sie gingen ein paar Schritte, dann rannten sie beide los bis sie nicht mehr konnten und ließen sich ins noch warme Gras fallen. Als ginge es um ihr Leben, rissen sie sich die Kleider vom Leib und liebten sich kurz, aber heftig.

Wahrscheinlich ohne auch nur im Geringsten zu ahnen, was er bei ihr hinterlassen hatte, hatte dieser Jo sie tief berührt. Und doch war es nicht Jo und es war auch nicht der leidenschaftliche Sex. Es war vielmehr so, dass sie sich noch nie so leicht und befreit und so gedankenfrei gefühlt hatte. Erst einige Tage später wurde ihr klar, dass dieser Abend ein Anfang war, von was genau, davon hatte sie noch keine Ahnung!

Jo sah sie nie wieder und sie hätte es auch nicht gewollt. Sie vergaß ihn schnell, nie aber dieses unendlich befreiende Gefühl, das sie seitdem nicht wieder hatte, nach dem sie sich aber immer heftiger sehnte.

Sie versuchte damals Klaus zu erklären, welch grundlegende und tiefgehende Bedeutung dieser Abend für sie hatte und wie unwichtig dabei die Rolle dieses Jos war. Aber wie kann man jemandem etwas erklären, was man selbst noch nicht verstanden hat. Natürlich war Klaus verletzt und er hatte gute Gründe dafür. Er packte sich eine Tasche zurecht und zog zu seinem Kumpel.

Eine Woche hatten sie es trotzig und einsam ausgehalten. Dann trafen sie sich zufällig im Café und ließen ihren Gefühlen füreinander freien Lauf. Sie küssten sich heftig vor allen Leuten und freuten sich wie die Kinder über ihr neues Glück. Es fühlte sich an wie damals, als sie sich kennengelernt hatten.

1985

Als Lisa damals bei Marion auszog, fiel sie zunächst in ein tiefes schwarzes Loch. Keinen richtigen Job, immer nur irgendwelche Aushilfsjobs, bisher war das irgendwie kein Problem gewesen. Aber jetzt hatte Marion wohl eine ernsthafte Beziehung und Lisa fühlte sich vernachlässigt und unwichtig. Eine Mischung aus Neid und Trauer, sie glaubte all ihr Selbstvertrauen und ihre Lebenslust der letzten Jahre schlagartig verloren zu haben. Trotzig kapselte sie sich ab und brach mit ihrer einzigen Freundin.

Sie zog in eine der noch übrig gebliebenen Frauen-WGs. Hier ging es weniger um das zusammenwohnen, sondern vielmehr um die gleichen Ideale, Werte und Moralvorstellungen, diese wiederum bezogen sich in diesem Fall hauptsächlich auf die Emanzipation der Frauen. Lisa hatte keine Ahnung, auf was sie sich hier eingelassen hatte. Aus Trotz und Wut zog sie in eine Vierzimmerwohnung mit zwei weiteren Frauen, Katrin und Petra.

Katrin war groß und hager und hatte langes, hennagefärbtes Haar, das sie immer zu einem Pferdeschwanz geflochten hatte. Ihre Freundin Petra war kleiner, vollschlank und hatte ebenfalls hennagefärbtes Haar. Sie trugen beide fast ausschließlich lange bunte Röcke oder Kleider und kauften ihre Bücher ausnahmslos im Frauenbuchladen um die Ecke. Sie engagierten sich zusammen mit einigen anderen Frauen für die Emanzipation der Frau in der Gesellschaft und gingen mit geballter Energie gegen jeden und alles vor, der oder das unter dem Verdacht stand, frauenfeindlich zu sein. Dass sie dafür bereits stadtbekannt waren, erfuhr Lisa erst später.

Sie zog einfach ein, ohne Fragen zu stellen und ohne sich für irgendetwas zu interessieren. Vielleicht wollte sie unbewusst damit aufzeigen, dass sie auf Marion nicht angewiesen war. Das Zimmer war immerhin relativ schön und günstig, und mit den beiden Frauen würde sie schon irgendwie zurechtkommen, dachte Lisa.

Zunächst waren Katrin und Petra recht bemüht um Lisa. Sie zeigten ihr das Viertel, in dem sie wohnten, luden sie zu Veranstaltungen und diversen Partys ein. Sie gingen auch öfter mal ins *Gloria*, ein, wie Lisa fand, total gemütliches kleines Programmkino vom alten Schlag, die Klappsessel aus Holz mit rotem Satin bezogen, mit einem Vorhang, der vor dem Film aufgezogen wurde, und kleinen Tischchen neben den Sitzen, einfach echt cool.

Warum auch immer, Lisa verliebte sich in dieses Kino sofort, obwohl die meiste Zeit irgendwelche komischen Frauenfilme und entsprechende Dokumentationen liefen. Lisa konnte mit all dem nicht viel anfangen und noch weniger, mit den ständigen Diskussionen, die Katrin und Petra ihr nach jedem Film regelrecht aufdrängten. Was sie hierzu und dazu meinte und überhaupt, wieso sie sich als Frau nicht mehr für das Thema Emanzipation engagierte. Lisa ließ all dies über sich ergehen, sie hatte ihre Gefühle sicher eingemauert, eine vor langer Zeit erlernte Überlebensstrategie.

Ein gewisser Alfred war wohl der Betreiber des Kinos. Ein komischer Kauz, wie Lisa fand. Groß und schlaksig, und er wirkte irgendwie recht unbeholfen, man konnte fast Mitleid mit ihm bekommen. Katrin und Petra sowie ihre Freundinnen waren schwer damit beschäftigt, Alfred aufzuzeigen, in welche Richtung sich das Kino entwickeln sollte. Katrin kannte Alfred wohl schon von früher und half ihm bei allen möglichen Angelegenheiten, von der Organisation bis hin zum Kartenverkauf.

Und so kam es, dass Katrin Lisa fragte, ob sie im *Gloria* nicht stundenweise aushelfen möchte. Es würde sich gut entwickeln, meinte Katrin, und es könnte gut sein, dass sie schon bald auch mehr dort arbeiten könnte. Lisa, die eigentlich immer auf der Suche nach Jobs war, hätte am liebsten sofort zugesagt, nichts lieber als das! Aber wie sollte sie es mit diesen Leuten aushalten? Sie war in der Zwickmühle und bat um Bedenkzeit.

Lisa arbeitete jetzt seit zehn Monaten im *Gloria*, meistens saß sie an der Kasse oder half auch mal bei anderen Arbeiten mit. Obwohl das alles recht eintönig war, kam sie nach wie vor gerne hierher. Nach ausverkauften Abenden rechnete sie sich hoch, was man wohl mit so einem Kino verdienen könnte. Sie dachte, reich wird man damit wohl nicht, aber wenn noch öfter gute Filme laufen würden, könnte schon noch einiges mehr dabei rausspringen, und zum Leben könnte es vielleicht reichen. Tollkühne Gedanken, die sie sofort wieder aus ihrem Kopf verbannte.

Katrin und Petra sorgten im Moment eher dafür, dass das Kino bald ganz schließen könnte. Erstens, so fand Lisa, hatten sie ein unmögliches Benehmen, natürlich insbesondere den männlichen Besuchern gegenüber, und zweitens beeinflussten sie Alfred penetrant bei der Auswahl der Filme. Sie wollten aus dem *Gloria* langsam, aber sicher ein Frauenkino machen. Wogegen ja grundsätzlich nichts sprechen würde, aber das *Gloria* hatte vor nicht allzu langer Zeit einen sehr guten Ruf als Programmkino mit anspruchsvollen Filmen, die man sonst nirgends sehen konnte. Und Lisa blutete das Herz bei dem Gedanken, dass dies vielleicht alles schon bald vorbei sein sollte. Sie redete auf Alfred ein, fand aber wenig Gehör.

Also gab es jetzt drei Mal die Woche sogenannte Frauenabende. Filme von Frauen für Frauen oder so. Lisa fragte sich, was das jetzt mit Gleichberechtigung zu tun hatte, aber ihre Meinung zählte ja nicht. Sie konnte froh sein, dass sie eine Frau war, denn so hatte sie hier noch ihren Job. Fragte sich nur, für wie lange noch, denn die Frauenabende liefen schlecht, und Lisa kam es so vor, als ob seitdem auch die anderen Vorführungen schlechter besucht waren.

An einem dieser Frauenabende saß Lisa an der Kasse und wartete und hoffte, dass vielleicht doch noch ein paar Besucherinnen mehr kamen. Bisher hatte sie genau 12 Tickets verkauft! Der Film war gut, sie hatte die Vorschau gesehen, daran konnte es also nicht liegen. In Gedanken versunken blätterte sie einige Zeitschriften durch, als zwei Typen, gutgelaunt und leicht abgehetzt, reinstürmten.

„Hat er schon angefangen?", fragte einer der beiden.

„Es geht erst in 5 Minuten los, aber ich kann euch leider nicht reinlassen, heute ist Frauenabend", und Lisa zeigte nach vorn an den Eingang, zu dem entsprechenden Hinweis.

„Wie bitte, geht's noch! Das ist nicht dein Ernst, oder?"

Lisa schluckte und wäre am liebsten vor Scham im Erdboden versunken:

„Sorry!"

Die zwei sahen sie durchdringend an. Während der eine kurz davor war, einen Aufstand zu machen, sagte der Typ mit den schönen braunen Augen:

„Was ist das jetzt, eure neue Form der sogenannten Gleichberechtigung, oder was? Ist Alfred jetzt völlig durchgeknallt? Kannst ihm mal ausrichten, dass man so nicht mit seinen Stammkunden umgeht!"

Zu seinem Kumpel gewandt meinte er: „Komm, wir gehen und lassen die Frauen unter sich, wenn sie sich dann wohler fühlen."

Dabei verzog er das Gesicht und riss beim Hinausgehen eines der Filmplakate ab. Die Tür schlug zu, sie waren weg und Lisa fragte sich, was sie hier noch sollte.

Mein Gott, dachte Lisa, das will ich nicht noch einmal erleben! Wut stieg in ihr hoch, eine wahnsinnige Wut auf solche Frauen wie Katrin und Petra und deren Engstirnigkeit, und auf diesen Alfred, der sich von solchen Leuten beeinflussen ließ. Plötzlich schämte sie sich richtig dafür, dass sie hier arbeitete. Frustriert schloss sie die Kasse ab und setzte sich in den Vorführraum.

Der Film war tatsächlich erste Klasse gewesen, dennoch hatte sie sich nicht so recht darauf konzentrieren können. Ihre Wut loderte noch, als sie wieder Richtung Kasse ging. Außerdem gingen ihr diese dunkelbraunen Augen nicht mehr aus dem Kopf.

Sie wollte gerade gehen, da hörte sie die Stimme von vorhin:

„Hey, du bist ja noch da, eh, also ich glaube, wir sind dir vorhin etwas auf die Nerven gegangen, tut mir leid. Du kannst ja gar nichts dafür und ... also, wir wollen es auch wiedergutmachen. Wenn du Lust hast, dann komm doch einfach noch mit auf ein Bier", sagte der sympathischere der beiden Typen von vorhin. Er lächelte sie freundlich an und Lisa fand ihn einfach unwiderstehlich!

„Ich heiße übrigens Stefan und das ist Bernd." Nachdem sie sich kurz vorgestellt hatten gingen sie in eine Szenekneipe ganz in der Nähe des *Glorias*. Lisa war hier schon mehrmals vorbeigelaufen und jedes Mal hatte sie sich wieder vorgenommen, da einmal reinzugehen. Aber so ganz alleine hatte sie sich einfach nicht dazu durchringen können, und mit Katrin und Petra wäre dies undenkbar gewesen. Hier war alles schwarz, sogar das Licht, und es waren fast nur Männer da.

„Ist das eure Stammkneipe?"

„Hier sind wir immer, wenn wir ins *Gloria* gehen", sagte Stefan. „Na, sagen wir lieber, wenn wir früher im *Gloria* waren!"

Lisa schaute Stefan fragend an und bevor er antworten konnte, meinte Bernd:

„Wir waren schon 'ne ganze Weile nicht mehr hier. Haben 'ne Zeit lang in London gewohnt ..."

„Oh, London, meine heimliche Lieblingsstadt. Und jetzt wieder hier, das ist hart. Und das *Gloria* ist wohl auch nicht mehr das, was es einmal war ..."

„Das kann man wohl sagen. Um ehrlich zu sein,

eine herbe Enttäuschung! Gleichberechtigung ist für mich was anderes und Ausgrenzung kann ich eh nicht ausstehen …"

Stefan redete sich gerade in Rage. „Und überhaupt, das mit der Emanzipation der Frau, ist das nicht längst gelaufen?"

„Oh Mann, ich hab dir schon immer gesagt, wir beide verstehen davon nichts", bemerkte jetzt der hübsche Bernd und verzog sich genervt an die Bar.

Scheinbar ging ihm das Thema, oder die gesamte Situation, mächtig auf die Nerven. Er war tatsächlich die Schönheit in Person, dachte Lisa. Aber Stefan war der sympathischere der beiden.

„Mich brauchst du jedenfalls nicht fragen, man hat mir gesagt, dass ich davon keine Ahnung habe. Aber ich kenne da einige Frauen, die könnten dir das sicherlich ausführlich erklären."

Bei dem Gedanken, wie Katrin, Petra und Stefan über den Sinn oder Unsinn der Emanzipation diskutieren, konnte sich Lisa ein Grinsen nicht verkneifen.

„Du grinst so frech, du wirst doch wohl nicht die Emanzen-WG von der Rügenstraße meinen?", fragte Stefan.

Lisa wusste nicht, was sie jetzt sagen sollte. Doch ihr wurde schlagartig klar, dass sie nicht mehr lange dort wohnen würde.

Sie antwortete: „Doch, genau die meine ich."

„Sag bloß, du gehörst da auch dazu. Ziehst du etwa

auch durch die Stadt und sprühst auf jede Wand das Frauenzeichen? Ich glaub es einfach nicht. So schaust du doch gar nicht aus!"

„Wieso, wie schau ich denn aus?"

„Na, eben anders, nicht so", meinte Stefan.

„Ich kann dich beruhigen, ich gehöre nicht dazu, ich hätte wohl auch die Aufnahmeprüfung nicht bestanden", antwortete Lisa.

„Wieso nicht?", fragte Stefan neugierig.

„Ach, ich kann die Zeichen für Mann und Frau einfach nicht auseinanderhalten!"

Jetzt mussten sie beide lachen, sodass sich alle nach ihnen umdrehten.

„Prost Lisa, auf deine nicht bestandene Prüfung!"

„Prost Stefan!"

Sie unterhielten sich noch bis in die Nacht hinein. Lisa genoss es regelrecht, dass ihr wieder einmal jemand zuhörte. Sie erzählte Stefan von Marion, ihr und Rainer und von ihrem Neuanfang in dieser Stadt, und Stunde um Stunde fühlte sie sich wohler und irgendwie befreit. Noch nie hatte sie sich mit einem Menschen so schnell so vertraut gefühlt.

Als die Kellner bereits anfingen, die Stühle auf die Tische zu stellen, gingen sie. Stefan und Bernd boten sich an, sie nach Hause zu fahren. Lisa erklärte ihnen den Weg.

„Hier könnt ihr mich schon rauslassen, es ist gleich die nächste Straße."

„Wieso, wo wohnst du denn?", fragte Stefan.

Genau diese Frage wollte Lisa umgehen. Doch bevor sie sich einen glaubhaften Phantasienamen ausdenken konnte, hörte sie sich antworten:

„In der Rügenstraße. Tschüs und vielen Dank fürs Mitnehmen."

Sie sah noch Stefans fragenden Blick und machte sich dann schnell auf und davon, noch bevor einer der beiden etwas sagen konnte.

Auf Zehenspitzen schlich sie sich in ihr Zimmer und ließ sich erschöpft ins Bett fallen. Gedanken wirbelten ihr durch den Kopf und ihr Herz raste. Sie zog sich die Decke über den Kopf und ließ ihren Gedanken freien Lauf. Erst als es bereits hell wurde, fiel sie in einen beinahe ohnmächtigen Schlaf.

Die Sonne stand bereits hoch, als sie irritiert aufwachte und versuchte, sich an ihren Traum zu erinnern:

Sie saß in dem kleinen dunklen Büro im Gloria und verhandelte am Telefon mit einem Filmverleih. Alfred kam herein und berichtete ihr freudestrahlend, dass er gerade den letzten Platz verkauft hatte. Lisa legte den Hörer auf und sah Alfred an. Er sah ganz anders aus als sonst. Plötzlich erkannte sie, dass der Mann, der da vor ihr stand, nicht Alfred war, sondern Stefan. Sie stand auf und fiel ihm um den Hals und flüsterte ihm ins Ohr: Ich liebe dich!

Sie rieb sich die vom Schlaf noch geschwollenen Augen und blinzelte in Richtung Fenster. Es war ein wunderschöner Tag. Sie stand auf und schaute hinunter auf die bereits belebte Straße. Was Stefan jetzt wohl von ihr dachte. Ob sie ihn wohl je wiedersah. Sie hatte keine Telefonnummer von ihm und wusste nicht einmal seinen Nachnamen. Sie ging unter die Dusche. Das heiße Wasser lief ihr über den Kopf und weckte in ihr die Lebensgeister. Nein, mein Lieber, so schnell wirst du mich nicht los. Wir werden uns wiedersehen! Und wenn ich die ganze Stadt auf den Kopf stellen muss.

Sie hatte heute frei und wollte den Tag einfach nur genießen. Ein bisschen bummeln und dann vielleicht noch zum Baden gehen. Stattdessen dachte sie ununterbrochen an ihren Traum. Tatsächlich, dachte sie, würde mich im Moment nichts mehr reizen, als das *Gloria* wieder aufzumöbeln. Stefan hatte ihr gestern erzählt, dass das *Gloria* zu seiner Zeit absolut beliebt war. Es war fast schon Tradition gewesen, erst ins *Gloria* zu gehen und danach durch die Kneipen zu ziehen. Und er fragte sich, was mit Alfred los sei, dass er bei so etwas mitmacht. Er sei zwar schon immer ein bisschen komisch gewesen, aber eben auch weltoffen und interessiert. Entsprechend war das Kinoprogramm.

Oft musste man rechtzeitig Karten reservieren, um überhaupt noch einen Platz zu ergattern.

Stefan meinte auch, er wäre absolut für Emanzipation, also so eher ganz allgemein, und er verabscheue auch jegliche Diskriminierung und Benachteiligung und das aus gutem Grunde. Was er mit gutem Grund meinte, verstand Lisa allerdings nicht, aber sie fragte auch nicht nach. Aber ebenso verabscheue er Dummheit und Engstirnigkeit, vor allem dann, wenn beides zusammenkam, was, wie er meinte, leider häufig der Fall sei.

Lisa lief verwirrt durch die Straßen. Sie wollte sich neue Schuhe kaufen, konnte sich aber für kein Paar entscheiden. Enttäuscht dachte sie: Eigentlich brauche ich keine neuen Schuhe, ich brauche eine neue Aufgabe! Mit leerem Blick starrte sie in ein Schaufenster, als sich plötzlich von hinten zwei Hände sanft über ihre Augen legten.

„Rate mal."

Sie wollte keine Spielverderberin sein und tastete langsam Stefans Hände ab.

„Tja, ich weiß nicht", sie tastete sich nach hinten, über seine Arme bis zu seinem Gesicht vor. „Peter ...? oder Rainer ...? oder vielleicht Thomas ... oder etwa doch Stefan?"

„Für eine angeblich einsame Frau kennst du ganz schön viele Männer! Oder hast du mir gestern nur was vorgemacht, du Luder?" Stefan gab ihr Gesicht wieder frei und kniff sie freundschaftlich in den Bauch.

Sie begrüßten sich mit einer kurzen, scheuen Umarmung.

„Hallo, seid ihr gestern noch gut nach Hause gekommen?", fragte Lisa.

„Wir schon. Und wie viele Wände hast du gestern auf dem Nachhauseweg noch besprüht?"

Lächelnd sahen sie sich an. Lisas Knie wurden weich wie Gummi. Sie konnte ihre Gefühle für Stefan nicht einordnen. Ihr kam es vor, als würden sie sich bereits schon Jahre kennen. Jetzt, wo er neben ihr stand, war ihr alles andere egal. Er vermittelte ihr ein Gefühl von Geborgenheit und Schutz, es fühlte sich an, als wenn plötzlich all ihre Sehnsüchte gestillt wären.

„Ich hab dich von da drüben aus beobachtet", gestand Stefan und zeigte auf das gegenüberliegende Café. „Du bist mindestens zehn Minuten absolut regungslos vor diesem Schaufenster gestanden. Was ist los, haben diese Schuhe hier etwa eine magische Anziehungskraft?"

„Eigentlich wollte ich Schuhe kaufen, aber dann wurde mir plötzlich klar, was ich wirklich möchte."

„Willst du's mir erzählen?"

„Mmh, ja."

Sie hakte sich bei Stefan unter und sie liefen, ohne sich abzusprechen, zielstrebig in Richtung Park. Auf einer Bank machten sie es sich gemütlich und ließen die Sonne auf ihre Bäuche scheinen. Einige Zeit saßen sie wortlos, Schulter an Schulter. Lisa genoss das Schweigen zwischen ihnen und wünschte sich nichts sehnlicher, als dass jetzt, genau in diesem Moment, jemand die Zeit anhalten würde. Stefans Gegenwart ließ sie alles um sich herum vergessen.

Er brach das Schweigen und meinte: "Wohnst du eigentlich wirklich in der Rügenstraße?"

„Ja", antwortete Lisa. „Das ist ja mein Problem."

„Wieso ziehst du dann nicht einfach aus", stellte Stefan richtig fest.

„Das habe ich mich vorhin, als ich vor dem Schaufenster stand, auch gefragt. Weißt du, anfangs konnte ich mich über Katrin und Petras Verhalten noch amüsieren. Viel habe ich von den beiden eh nicht mitbekommen. Ich habe mich in mein Schneckenhaus zurückgezogen und habe das Leben an mir vorbeilaufen lassen, wie einen Film, der mich nichts angeht. Aber jetzt will ich nicht mehr mit meiner Zeit spielen, als wäre sie unendlich. Ich weiß jetzt, was ich will, und ich weiß, dass ich nicht länger in dieser WG wohnen möchte. Bei mir dauert es halt manchmal ein bisschen länger als bei anderen."

Lisa lehnte vorsichtig ihren Kopf an Stefans Schulter und seufzte tief. Sie hoffte, dass er vielleicht seinen Arm um sie legen würde. Doch Stefan rührte sich nicht. Ja, normalerweise war sie diejenige, die immer noch etwas Zeit brauchte, insbesondere bei neuen

Beziehungen. Doch was die Beziehung zu Stefan betraf, konnte es ihr nicht schnell genug gehen. War sie diesmal womöglich diejenige, die warten musste?

„Und was willst du?", fragte Stefan beharrlich und rückte einige Zentimeter zur Seite.

„Ich möchte etwas, das einem anderen gehört. Aber ich finde es steht ihm nicht zu, oder besser gesagt: nicht mehr. Mir ist allerdings noch nicht ganz klar, wie ich ihn davon überzeugen soll", hörte sich Lisa antworten.

Als sie das sagte, wurde ihr plötzlich klar, wie sehr ihr das *Gloria* ans Herz gewachsen war. In ihren Gedanken betrachtete sie es bereits als ihr Eigentum. Sie erinnerte sich an ihren Traum und stellte nun fest, wie selbstverständlich alles für sie war, und dass sie seitdem keine Minute daran gezweifelt hatte, dass der Traum sich nicht erfüllen könnte. Sie erschrak dabei über sich selbst.

„Wie heißt es so schön, lerne deinen Feind kennen und du kannst ihn besiegen", sagte Stefan. „Lass es mich wissen, wenn ich dir dabei behilflich sein kann."

Er setzte sich auf, sodass Lisa ihren Kopf von seiner Schulter nehmen musste, und suchte in seiner Hosentasche nach seinen Zigaretten. Er lehnte sich leicht nach vorn, vielleicht, um Lisas Blicken zu entgehen und meinte nach einer Weile:

„Übrigens, vielleicht wüsste ich sogar ein Zimmer für dich. Es wird jedoch frühestens in einem Monat frei und ist für maximal zwei Jahre zu haben! Allerdings dürftest du dann nichts gegen Homosexuelle haben. Es ist bei einem Kumpel von mir, sein Freund muss für zwei Jahre beruflich ins Ausland. Könntest du dir vorstellen, mit einem Schwulen zusammenzuwohnen?"

„Warum nicht", meinte Lisa. „Solange er in keiner Männergruppe ist, die sich wöchentlich trifft und Pläne schmiedet, wie sie auf dem schnellsten Wege alle anderen Männer zum Schwulsein bekehren können!"

Stefan grinste schwach und meinte: „Ich werde sicherheitshalber noch einmal nachfragen, natürlich auch wegen der Männergruppe!"

Ein verliebtes Paar schlenderte Arm in Arm an ihnen vorbei. Lisa sah ihnen neidisch nach und fragte unwillkürlich:

„Stefan?"

„Mmh?"

„Hast du eigentlich eine Freundin?" Ihr Herz pochte, während sie auf seine Antwort wartete.

„Nein, … aber … ach, nichts."

Sie traute sich nicht nachzufragen. Sollte sie dieses aber vielleicht als missglückten Annäherungsversuch verstehen? Aber … ich hätte gerne eine, z.B. dich! War Stefan wirklich so schüchtern. Wartete er gar auf ein Zeichen von ihr. War sie noch nicht deutlich genug gewesen? Noch nie hatte sie einen Mann so begehrt wie

Stefan, und gleichzeitig war sie sich noch nie so unsicher, ob auch sie begehrt wurde. Mehrmals schon hatte sie bemerkt, wie er leicht zurückwich, wenn sie ihn umarmen wollte. Dennoch war sie sich ziemlich sicher, dass er sie mochte. Schließlich kam er ja heute sogar auf sie zu.

Sie hatte Stefan mit ihrer Frage offensichtlich nervös gemacht und wollte schnell wieder von diesem Thema ablenken.

Stattdessen sagte sie: „Ich hoffe, dein Freund mit dem freien Zimmer ist auch so nett wie du!"

Stefan sah sie irgendwie mitleidsvoll an und legte seine Hand auf ihre Schulter: „Du wirst ihn mögen, aber er ist nicht der Prinz auf dem weißen Pferd!"

Er stand nervös auf. „Aber jetzt muss ich leider los."

Sie liefen zurück in die Stadt. Lisa war irritiert. Was meinte Stefan damit und warum hatte er sie so mitleidig angesehen?

„Danke", sagte Lisa und drückte Stefan zum Abschied ein Bussi auf die Backe. Dann lief sie schnell davon.

„Für was?", rief ihr Stefan hinterher.

„Für alles und dafür das es dich gibt", rief sie zurück.

Als sie nach Hause kam, überfiel sie eine tiefe Traurigkeit. Sie hatte sich viel vorgenommen und wusste
nun nicht mehr weiter. Sie erschrak vor ihrem eigenen
Ehrgeiz und fühlte sich zugleich vollkommen macht-
los. Es war erst acht Uhr abends, als sie sich ins Bett
legte, weil sie hoffte, dann endlich vergessen zu können. Doch kaum lag sie im Bett, fing ihr Herz an zu
rasen, ihr Körper vibrierte geradezu. Wie ein gerade
entfachtes Feuer brannte es in ihr und es wurde von
Minute zu Minute schlimmer. Gedanken rasten ihr
kreuz und quer durch den Kopf, bis sie sich in pure
Angst verwandelten. Zitternd lag sie im Bett und
hoffte, dass dieser Zustand endlich ein Ende nahm.
Stunden später fiel sie in einen tiefen Schlaf.

Schreiend vor Schmerz wachte sie auf und stellte
fest, dass sie bereits im Bett saß. Sie hatte geträumt,
und im ersten Moment wusste sie nicht, wo sie sich
befand. Ihr Kopf schmerzte und sie erinnerte sich an
ihren Traum:

Lisa und Stefan standen auf einer unendlich weiten
Wiese. Sie waren lediglich durch einen Bach, der sich
wild durch die Wiese schlängelte, getrennt. Lisa
wollte zu Stefan auf die andere Seite, aber was sie auch
an-stellte, es gelang ihr nicht. Immer wenn sie ansetzte, um über den Bach zu springen, zog es sie, wie
von einem Magneten angezogen, zurück. Nach vielen
verzweifelten Versuchen nahm sie ihre ganze Kraft
zusammen. Sie nahm Anlauf und rannte los, bis sie

plötzlich abhob und zu fliegen begann. Völlig außer sich vor Freude, nun endlich den Bach überqueren zu können, flog sie mit voller Kraft auf Stefan zu. Einige Zentimeter vor Stefan prallte sie gegen eine unsichtbare Wand und schlug sich dabei den Kopf auf. Wie ein Vogel, der gegen eine Fensterscheibe geknallt ist, fiel sie erschöpft und schwer auf die Erde. Blut rann an der Wand hinunter und tropfte auf ihr Gesicht. Wütend und mit letzter Kraft schlug sie mit geballten Fäusten gegen die Wand und schrie und schluchzte gleichzeitig. Sie sah Stefan, der sie mit seinem mitleidigen Blick ansah. Er flüsterte ihr zu: Ich bin nicht dein Prinz! Dann drehte er sich langsam um und ging weg. Er verschwand am Horizont, der dunkelrot war und zu glühen schien.

Niedergeschlagen stand sie auf und ging ans Fenster. Sie sah zwei betrunkene Männer über die Straße wanken. Der eine verlor das Gleichgewicht und fiel auf den Bordstein. Laut fluchend rappelte er sich wieder auf, setzte sich auf den Gehweg und rieb sich sein Knie. Sein Kumpel ging weiter, als ob nichts geschehen wäre.

Lisa zog die Vorhänge zu. Sie wollte nichts mehr sehen, nichts mehr hören. Sie spürte eine tiefe Leere in sich. Sie ging ins Bad und schloss sich ein. Mit angezogenen Füßen saß sie auf dem zugeklappten Klodeckel und ergab sich ihrem Frust. Eine Angewohnheit von früher, die sie immer wieder einholte, wenn sie am Ende war. Als Kind saß sie oft stundenlang im Badezimmer und weinte sich die Augen leer. Manchmal, so kam es ihr vor, hatte sie damals mehr Zeit im Bad verbracht als anderswo. Es war der einzige Raum, in dem sie sich gehen lassen konnte, und vor allem war es der einzige Raum, den sie absperren konnte!

Als die Sonne aufging, hielt sie ihren Kopf unters eiskalte Wasser und kühlte ihre geschwollenen Augen. Leise schlich sie sich in ihr Zimmer zurück und legte sich wieder ins Bett. Wie nach einer gerade noch überstandenen schweren Krankheit spürte sie, wie ganz allmählich ihre Energie zurückkam. Erschöpft sank sie in einen dumpfen, traumlosen Schlaf.

Kurz vor dem Aufwachen fiel sie in einen Zustand absoluter Bewusstheit. Sie war an ihrem innersten Kern angelangt. An einem Punkt, wo nichts mehr zählt als die reine Existenz. Ihr Kopf war vollkommen frei, alle Gedanken, alle inneren Dialoge waren wie abgeschaltet. Für einen Moment lang war es ihr gelungen, ganz bei sich zu sein.

Als sie die Augen öffnete, fühlte sie sich leicht und befreit. Sie fühlte wieder ihr Herz schlagen und die Adern pochen. Sie sog die frische Luft, die durchs Fenster hereinkam, tief ein, als könne sie dadurch Energie tanken. Der erste Gedanke, den sie beim Aufstehen hatte, war, dass sie geduldiger sein sollte. Geduld haben ohne dabei nachlässig zu werden! Sie hatte bereits die ersten Samen gesät. Jetzt musste sie nur noch aufmerksam warten, bis sie aufgingen. Nicht mehr.

Der zweite Gedanke war, ich werde mich ab sofort, nicht mehr auf dem Klo einsperren, ich will raus aus diesem Film, der nicht meiner ist. Ich möchte meinen eigenen Film finden, selbst bestimmen, was wie läuft.

Innerlich gelassen und gleichzeitig zielstrebig, freundete sie sich allmählich wieder mit ihrem Leben an. Heute Nacht, dachte sie, habe ich mich gehäutet wie eine Schlange. Sie ging unter die Dusche, um auch noch die letzten Reste alter Haut zu entfernen.

„Lisa, Telefon!", schallte es laut durch den Flur. „Lisa, wo bleibst du denn?", schrie ihr Katrin entgegen. „Alfred fragt nach dir."

Katrin gab ihr den Hörer und schaute sie entrüstet an, während sie neben Lisa stehen blieb und auf sie herabsah wie eine zornige Mutter.

Lisa nahm ganz ruhig den Hörer entgegen: „Ja, hallo?"

„Hier ist Alfred, was ist los mit dir, du müsstest schon längst hier sein?"

„Ich kann diese Woche nicht mehr kommen, tut mir leid", meinte Lisa aufrichtig.

„Was heißt, du kannst nicht. Bist du krank?", fragte Alfred vollkommen aufgelöst.

„Nenn es, wie du willst. Ich kann eben einfach nicht", gleichzeitig dachte sie: ich habe mich gehäutet, du Depp, das ist keine einfache Sache, das zieht so Einiges nach sich.

„Verdammt noch mal, ist das vielleicht eine Art und Weise! Wenn du krank bist, will ich eine Krankmeldung sehen und ansonsten hast du hier deinen Job zu erledigen, oder ...", schrie Alfred ins Telefon.

„Oder was?", fragte Lisa relativ gleichgültig.

„Oder du brauchst überhaupt nicht mehr zu kommen!"

„Wie du möchtest, Alfred. Entweder ich komme am Samstag wieder oder eben gar nicht mehr. Entscheide dich!"

„Ich soll mich entscheiden, du kannst mich mal!" Alfred knallte den Hörer auf.

„Bist du noch bei Sinnen!", fauchte Katrin, die alles mitgehört hatte. „Dir kann's wohl keiner recht machen. Wir besorgen dir extra einen Job und du schmeißt einfach alles hin, nur weil du mal eben keine Lust hast? Du meinst wohl, du bist etwas ganz Besonderes!"

Lisa sah Katrin ruhig und gelassen an und sagte: „Übrigens kündige ich hiermit zum Monatsende." Sie ließ Katrin mit offenem Mund stehen und ging in ihr Zimmer.

Das Zimmer bedrückte sie, ihr wurde plötzlich alles zu eng. Sie brauchte Luft und Platz, viel mehr Platz. Sie zog ihre Jacke über und rannte aus der Wohnung. Im Treppenhaus hörte sie jemanden die Treppen hinauflaufen. Stefan kam ihr entgegen. Sie blieben einige Meter voneinander entfernt stehen und sahen sich erstaunt an.

„Stefan, du hier. Dass du dich ins Haus der Emanzen traust?" fragte Lisa ironisch.

„Es hat mich einige Überwindung gekostet. Aber was tut man nicht alles für seine beste Freundin!" meinte Stefan leise.

„Bin ich das?"

„Was?"

„Deine beste Freundin?" Lisa sah ihm direkt in die Augen.

„Ja, ich glaube schon." Er legte vorsichtig seinen Arm um sie. „Hast du schon was vor?"

„Ich befürchte, ich hab meinen Job los, auf alle Fälle aber mache ich blau und muss jetzt dringend an die frische Luft!", stöhnte Lisa.

„Dann kann ich dich auf keinen Fall alleine lassen. Geh'n wir?"

Sie gingen stundenlang durch die Stadt. Sie kamen in Gegenden, die Lisa noch nie gesehen hatte. Sie liefen Hand in Hand und redeten über Gott und die

Welt. Lisa riss sich zusammen, sie wollte Stefan gegenüber keine Erwartungen mehr haben. Sie wollte warten, geduldig sein! Vielleicht brauchten sie beide eben mehr Zeit, schließlich war die Beziehung zu Stefan ja auch etwas ganz Besonderes!

„Willst du mir jetzt nicht endlich mal sagen, was du vorhast. Das letzte Mal hast du ja ziemlich geheimnisvoll getan", meinte Stefan plötzlich.

Lisa ließ sich mit ihrer Antwort etwas Zeit. „Ich … naja, ich will … das *Gloria*", sie erschrak über ihre eigenen Worte.

Stefan blieb stehen und sah sie stirnrunzelnd an. Dann fing er herzlich zu lachen an und drehte sich dabei einmal um sich selbst.

„Weißt du, wir beide sind schon zwei verrückte Vögel! Es ist jetzt etwa zwei Jahre her, als ich genau den gleichen Gedanken hatte. Ich glaub es einfach nicht!"

Lisa war verdutzt. „Warum wurde nichts daraus?"

Stefan antwortete nachdenklich: „Das ist eine gute Frage. Naja, ich denke … mir kam damals die Liebe dazwischen."

Lisa wurde hellhörig und bemerkte etwas spöttisch: „Tja, verliebte Männer sind wirklich schrecklich. Ich glaube, sie können einfach nicht mehrere Dinge auf einmal machen. Kaum sind sie verliebt, verlieren sie ihr eigentliches Ziel aus den Augen. Sie benehmen sich wie Idioten und lassen alles mit sich machen."

„Irgendwie hast du da wohl recht", meinte Stefan gedankenversunken.

Lisa wurde unbehaglich. Was sie da gerade gesagt hatte, traf auf Stefan überhaupt nicht zu. Er benahm sich überhaupt nicht idiotisch oder sonst irgendwie eigentümlich! Ganz im Gegenteil, er war total ruhig und verhielt sich ihr gegenüber eher wie ein großer Bruder. Lisa, wach auf, dachte sie, er ist nicht verliebt, jedenfalls nicht in dich!

Sie gingen in eine Kneipe und bestellten sich zwei Bier. Stefan hatte schon wieder diesen mitleidsvollen Blick! Er sah ihr einige Augenblicke lang direkt in die Augen.

„Lass mich mitmachen!"

„Bei was?", fragte Lisa.

„Wir könnten das *Gloria* zusammen machen. Ich meine, ich glaube, wir beide würden uns als sogenannte Geschäftspartner doch gut ergänzen, oder? Wir könnten ein vielfältiges Programm anbieten, nicht nur das, was die anderen anbieten, einfach Filme zeigen, die wir selbst interessant finden …"

„Wenn du mir versprichst, auch Musikfilme wie „Stop Making Sense" von Jonathan Demme zu zeigen?"

„Ach, du wieder mit deinem David Byrne", meinte Stefan, leicht genervt, „meinetwegen auch den, aber nur wenn wir dann auch „Paris, Texas" von Wim Wenders laufen lassen!"

„Ich denk drüber nach", meinte Lisa frech grinsend.

„Hey, Lischen, und wenn wir uns nicht ganz dumm anstellen, könnten wir vielleicht auch beide irgendwann damit Geld verdienen. Was meinst du?"

Lisa tat so, als müsste sie darüber nachdenken. Denn jetzt in diesem Moment konnte sie kein Wort herausbringen. Ihr Herz raste und sie konnte kaum noch ruhig sitzen bleiben vor lauter Freude und Elan. Sie brauchte Zeit, um sich wieder zu beruhigen. Nichts lieber als das und mit niemandem lieber als mit dir, dachte sie und lächelte Stefan gelöst an.

„Und alle zwei Wochen fahren wir in die Schweiz und legen unser Geld an", sagte Lisa und lachte los.

„Das muss gefeiert werden", meinte Stefan und bestellte eine Flasche Sekt.

Bis spät in die Nacht malten sie sich, voller Vorfreude und naiv wie kleine Kinder, aus, welche weiteren Filme sie zeigen und welches Publikum sie damit ansprechen wollten. Wie sie Alfred davon überzeugen würden, dass er viel besser dran wäre, wenn er das Kino an sie vermieten würde und wie durch sie beide das *Gloria* neu erblühen würde …

Lisa war ganz benebelt vom vielen Reden und natürlich auch vom Alkohol. Aber dennoch fanden sie kein Ende. Erst als der Wirt sie zum wiederholten Male zum Gehen aufforderte, standen sie langsam auf und machten sich auf den Weg. Zum Abschied umarmten sie sich herzlich.

„Oh, das hätte ich ja beinahe vergessen. Das Zimmer, von dem ich dir erzählt habe, ist übrigens ab nächstem Monat zu haben. Willst du's dir anschauen?", meinte Stefan leicht lallend.

„Klar, geht's gleich morgen?", fragte Lisa aufgeregt.

„Sagen wir um 11.00 Uhr? Ich schreib dir die Adresse auf." Stefan musste sich alle Mühe geben, um einigermaßen leserlich zu schreiben und übergab Lisa grinsend den Zettel mit der Adresse. „Ich werde natürlich auch da sein! Bis morgen, schlaf schön."

Am nächsten Morgen wachte Lisa aufgeregt auf. Sie war sofort hellwach. Ihr erster Gedanke war seltsamerweise bei Marion. Sie hätte sicherlich ihre helle Freude daran, wenn sie wüsste, dass Lisa vielleicht schon bald mit einem Schwulen zusammenwohnte.

Wie das wohl wird, dachte Lisa und malte sich in Gedanken die verrücktesten Bilder aus, bis sie über sich selbst lachen musste. Sie konnte es kaum erwarten und machte sich bereits um halb elf auf den Weg.

Sie fand die angegebene Adresse sofort. Lisa war von der Gegend spontan begeistert. Viele schöne alte Stadthäuser, mit diversen kleinen Läden und einigen Kneipen. Hier gab es sicherlich wunderschöne Altbauwohnungen, dachte Lisa. Nervös klingelte sie bei S. Schönbauer und J. Meier, wie es ihr Stefan aufgetragen hatte. Als Stefan ihr die Tür öffnete, war sie richtig erleichtert, sie hatte nicht damit gerechnet, dass er schon da ist.

„Hallo, schön dass du schon da bist, irgendwie bin ich ein bisschen aufgeregt", sagte Lisa verlegen.

„Und ich erst, aber jetzt komm erst mal rein", meinte Stefan nervös lächelnd.

Stefan ging vor und führte sie gleich durch die ganze Wohnung. Lisa war beeindruckt. So eine Wohnung hatte sie sich immer schon gewünscht, und sie hatte sogar einen Balkon nach Süden.

Sie standen in der Küche, als Stefan sie fragte: „Na, was meinst du dazu?"

„Ich bin begeistert!", freute sich Lisa. Erst jetzt fiel ihr auf, dass Stefans Freund gar nicht da war. „Wann kommt eigentlich der Herr Eigentümer? Schließlich bin ich ja von seinem Urteil abhängig."

Statt zu antworten, fragte Stefan: „Willst du einen Kaffee?", und setzte bereits das Wasser auf. Er holte ganz selbstverständlich und mit routiniertem Griff zwei Tassen aus dem Schrank und stellte sie auf den Tisch. „Setz dich und schau mich nicht so komisch an!"

„Du scheinst dich hier ja gut auszukennen", bemerkte Lisa, als Stefan gerade die Milch aus dem Kühlschrank holte.

„Ja", antwortete Stefan und starrte dabei auf den Wasserkocher, „schließlich ... wohne ich ja auch hier!"

Lisa ließ sich auf den Stuhl fallen. Ihr fehlten die Worte. Sie starrte Stefan an, der ihr nur seinen Rücken zeigte. Nur der Wasserkocher rauschte vor sich hin, ansonsten herrschte eine unbehagliche Stille. Lisa fingerte sich nervös eine Zigarette aus ihrer Tasche und zündete sie an. Das Klicken des Feuerzeugs erschreckte sie beinahe.

„Du … du hast mich angelogen!", stammelte Lisa.

Stefan drehte sich zu ihr um und hatte wieder seine mitleidsvolle Miene aufgesetzt, die Lisa jetzt wie der reinste Hohn vorkam.

„Ich mag dich wirklich sehr, Lisa, so sehr wie ich noch nie eine Frau gernhatte. Aber ich bin nun mal schwul! Ich wollte es dir gleich sagen, aber irgendwie konnte ich es nicht mehr, als ich ahnte, dass du dich in mich verliebt hast. Es tut mir leid, verzeih mir bitte."

Lisa drückte zitternd ihre Zigarette aus, sie konnte die Tränen nicht länger zurückhalten. Stefan wollte sie in den Arm nehmen, aber sie schob ihn weg und rannte aus der Wohnung.

Katrin, Petra und die anderen Frauen saßen im Gemeinschaftsraum und diskutierten beim Frühstück heftig darüber, wer nun den Job von Lisa übernehmen sollte, denn laut Alfred, wusste Katrin zu erzählen, ließe er sich natürlich so ein Verhalten nicht gefallen.

Von ihm aus konnte Lisa bleiben, wo sie wollte. Das Telefon klingelte, heute schon zum fünften Mal!

Katrin sprang schimpfend auf: „Wenn das schon wieder dieser Stefan ist, dann werde ich noch verrückt!" Ruppig nahm sie den Hörer ab. „Ja, hallo!"

„Hallo, hier ist nochmal Stefan, ist Lisa jetzt zu Hause?"

„Verdammt nochmal, jetzt habe ich es doch schon zigmal gesagt. Sie war heute Nacht nicht zu Hause und ist seitdem nicht mehr hier aufgetaucht. Die wird schon wissen warum, und jetzt lass uns endlich zufrieden!" Katrin knallte den Hörer hin und ging zu den anderen zurück.

Stefan wusste nicht, wo er noch suchen sollte. Er war bereits alle möglichen Orte, an denen Lisa sich aufhalten konnte, abgefahren. Er war sogar sicherheitshalber im *Gloria* gewesen. Er hätte sich am liebsten selbst geohrfeigt, dafür, dass er Lisa so lange im Unklaren gelassen hatte. Auch wenn sie sich erst kurze Zeit kannten, ihm kam es wie eine Ewigkeit vor. Aber jetzt war alles Bedauern zu spät. Was passiert ist, ist passiert und lässt sich nicht mehr ändern. Komischerweise erinnerte er sich gerade jetzt daran, wie er sich damals, nach zig Jahren Geheimnistuerei, dazu entschloss, zu seinen Eltern zu fahren, um ihnen reinen Wein einzuschenken.

Seit er 14 Jahre alt war, war er sich seiner Neigungen einigermaßen bewusst. Er fühlte sich zu Jungs deutlich mehr hingezogen als zu Mädchen. Aber es war lange Zeit nicht eindeutig genug, denn mit 16 hatte er eine kurze Liaison mit einem Mädchen aus seiner Klasse, ganze 2 Wochen lang, dann trennten sie sich. Danach war Stefan nur noch mit Männern zusammen, heimlich, denn er hatte gelernt, seine Gefühle zu verbergen.

Als er ihnen damals endlich alles gesagt hatte, saßen seine Eltern stumm da. Seine Mutter setzte ihr „Kummergesicht" auf und vermied jeglichen Blickkontakt. Sein Vater war kurz vor einer Herzattacke und lief hinaus, um seine Tabletten zu holen. Stefan verkroch sich in seinem ehemaligen Kinderzimmer und heulte still und heimlich. Seine Mutter ging routiniert in die Küche und bereitete das Abendessen vor. Einige Minuten später saßen sie alle am Tisch und aßen stumm Wurstbrote. Nach dem Essen verabschiedeten sie Stefan, beide an der Haustüre stehend und winkend und ihm wie aus einem Mund leise zurufend: „Mach's gut Junge!" Genauso gut hätten sie „Auf Nimmerwiedersehen" sagen können! Stefan hatte das Gefühl, als hätten sie ihn damals für immer verabschiedet. Und in gewisser Weise behielt er auch recht. Zunächst vermied er den Kontakt mit seinen Eltern, um sie zu schonen. Später dann nur noch, um sich selbst zu schonen. Einmal im Jahr rief er sie an, aus Pflichtgefühl. Oberflächliche Gespräche über nichts, und danach die übliche Enttäuschung und das schlechte Gewissen.

Das Telefon riss ihn aus seinen Erinnerungen. Aufgeregt sprang er hoch: „Hallo, Lisa?"

„He, nur weil du sauer auf mich bist, musst du nicht gleich hetero werden!"

„Oh, hallo Bernd, wie ist es in London?"

„Mein Gott, kannst du nicht ein bisschen netter sein. Es ist wahrscheinlich nur für ein Jahr, maximal 2 Jahre, verdammt stell dich doch nicht so an! Hast du übrigens schon einen Nachmieter?"

„Eh, ja, ja wahrscheinlich schon, eh, vielleicht. Hör mal, ich kann jetzt nicht länger reden, ich erwarte einen wichtigen Anruf. Ich ruf dich morgen zurück, okay?"

„In Ordnung, vielleicht bist du dann ja etwas freundlicher!"

Stefan holte sich einen Sessel und machte es sich neben dem Telefon bequem. Er erinnerte sich an Lisas Bemerkung über verliebte Männer. War er jetzt auch zum Trottel geworden? Tatsächlich liebte er sie, auf eine gewisse Weise jedenfalls. Er fühlte sich verantwortlich für sie, und diese Verantwortung lag nun wie eine schwere Last auf seinen Schultern. Stundenlang saß er wie benommen da und wartete auf ihren Anruf, bis er endlich einschlafen konnte. Zwei Tage verbrachte er damit, immer in der Nähe des Telefons zu sein und war zu nichts anderem fähig.

Das Rauschen der Wellen versetzte Lisa fast in Trance. Bereitwillig ließ sie sich auf den Takt der See ein und atmete in ihrem Rhythmus. Das Wasser war schon frisch, aber der Sand war noch angenehm warm vom Tag. Auch hier ließ sich der Herbst nicht mehr aufhalten, dachte sie. Lisa beobachtete fasziniert den Sonnenuntergang. Jetzt erst merkte sie, wie sehr sie sich nach diesem Blick in den endlos scheinenden Horizont gesehnt hatte. Er vermittelte ihr ein Gefühl von absoluter Freiheit und Grenzenlosigkeit.

Sie dachte, vielleicht ist die Einsamkeit ja der Preis der Freiheit? Auch wenn sie noch nicht in der Lage war, ein Leben ohne Grenzen zu führen, so war doch der Gedanke daran äußerst verführerisch. Sie lehnte sich an die Felsen, kramte einen kleinen Notizblock und einen Stift aus ihrer Tasche und begann, ihre Gedanken festzuhalten:

Vielleicht werde ich einsam sein, wie nie zuvor. Vielleicht werde ich dann mal mehr einsehen und weniger verstehen?

Trennung und Abschied werden meinen Alltag bestimmen und mein Spiegelbild wird mein einziger Begleiter sein, wenn ich ins Leben eintauche, um nach dem Schatz zu suchen, von dem ich weiß, dass es ihn gibt, aber nicht weiß, was er bringen wird.

Dabei werde ich mich nicht entscheiden müssen, zwischen ja oder nein. Ich befürchte, ich bin bereits zu weit gegangen. Die Zeit der Entscheidungen liegt schon lange zurück.

Sie sah der Sonne beim Untergehen zu, ein roter Ball, in der Mitte von einer dünnen Wolke durchschnitten. Als es dunkel wurde, zog sie ihre Kleider aus und legte sich nackt in den Sand. Mit jeder Welle, die über sie hinwegplätscherte, sank sie ein Stückchen tiefer ein. Wie lange ich hier wohl so liegen bleiben müsste, um vollkommen im Sand zu verschwinden? Es gab Augenblicke, in denen sie sich so tief verbunden und gleichzeitig von allem ganz und gar losgelöst fühlte, dass sie sich wünschte, jetzt einfach sterben zu können. Ja, hier, genau hier würde ich wirklich gerne sterben!

Aber der Tod kam nicht, stattdessen stand sie auf und wagte einen kurzen Sprung ins kalte, dunkle Wasser. Danach zog sie sich an und rannte wie eine Verrückte am Strand hin und her, bis ihr wieder warm wurde. Die salzige und sandige Haut vermittelte ihr irgendwie einen Hauch von purem, wahrem Leben. Sie zündete sich eine Zigarette an, und stieß kleine Rauchkringel in die schwarze Nacht und dachte: Ich kann mich wehren solange ich will, es wird doch nichts nützen. Er braucht mich zwar nicht, aber ich ihn umso mehr! Fröstelnd schlupfte sie in ihren Schlafsack und ließ sich vom Klang der Wellen in den Schlaf wiegen.

Stefan schreckte aus dem Schlaf auf. Instinktiv griff er nach dem Telefon, doch er konnte nur das Leerzeichen hören.

„Mensch, Lisa!", schrie er laut vor sich hin, „wie lange lässt du mich noch leiden?"

Noch benommen und verärgert stand er auf, er fühlte sich allmählich wie verkatert, alles tat ihm weh. Und das verdammte Telefon blieb stumm. In seiner Wut nahm er es und knallte es an die Wand, so dass es in mehreren Einzelteilen auf den Boden krachte. Von einer Sekunde auf die andere war er nun hellwach geworden. Er sah sich die Bescherung an, die er soeben angerichtet hatte, und schüttelte über sich selbst den Kopf. Er zog sich seine Joggingsachen über und rannte hinaus. Ziellos lief er im Park, bis er Runde um Runde langsam wieder zu sich selbst fand.

Völlig erschöpft kam er zu Hause an. Jetzt eine warme Dusche und dann eine Tasse Kaffee. Als er unter der Dusche stand, klingelte es an der Türe. Stefan schlüpfte schnell in ein Handtuch, und während er hinausrief:

„Ich komme gleich!", goss er das dampfende Kaffeewasser auf.

Als er die Türe öffnete, stand Lisa, unschuldig

dreinblickend, vor ihm. Sie sahen sich einige Sekunden lang überglücklich strahlend an, bis Stefan
meinte:

„Ich habe gerade frischen Kaffee gemacht, möchtest du einen?"

„Ja", sagte Lisa und betrat zögernd ihr neues Zuhause.

1986

„Wie findest du den Wasserstoffblonden dort drüben?"

Lisa sah Stefan mit hochgezogenen Augenbrauen fragend an.

„Seit wann stehst du auf blond?", meinte Stefan und sah sich dabei den Auserwählten von oben bis unten neugierig an.

„Also ich finde ihn irgendwie süß. Außerdem geht's heute nicht um mich", meinte Lisa hartnäckig.

Sie saßen im „Tier" und tranken Cocktails. Hier war alles ziemlich tierisch. Sämtliche Wände und Sitzgelegenheiten waren mit unterschiedlichen Tierfellen überzogen. Der Boden war bedeckt mit Bären- und Büffelfellen. An den Wänden hingen Geweihe und Gehörn aus aller Welt. Die Bar war mit Krokodillederimitat bezogen, an der schrille Typen aller Art auf mit Zebrafell bezogenen Barhockern sitzend herumlungerten. Die Kneipe war momentan ziemlich angesagt.

Lisa und Stefan spielten wieder einmal ihr Partner-Such-Spiel. Nachdem Stefan sich vorgenommen hatte, die Zeit bis zu Bernds Rückkehr, nicht in sehnsüchtiger Traurigkeit zu verbringen, und Lisa sich mit Stefans Homosexualität abgefunden hatte, hatten sie beide beschlossen, sich gegenseitig bei der Suche nach neuen Liebschaften zu helfen. Seit sie zusammenwohnten, hatte sich ihre Beziehung von Tag zu Tag mehr vertieft. Abgesehen davon, dass sie keinen Sex miteinander hatten, fühlten sie sich fast wie ein altes Liebespaar, tief verbunden und vertraut. Und seit Neuestem zogen sie nun gelegentlich von Kneipe zu Kneipe, um nach einem Menschen zu suchen, der ihre Beziehung auf die Probe stellte.

„Blond und blaue Augen, was soll man davon halten", nörgelte Stefan.

„Hast du den knackigen Hintern gesehen, und außerdem hat er ein süßes schüchternes Lächeln", bemerkte Lisa fasziniert. „Ich finde, wir sollten ihn nehmen!"

„Nur weil du auf schüchterne Männer stehst, mag ich das noch lange nicht", stellte Stefan fest. „Okay, ich gebe zu, er ist nicht schlecht, aber eigentlich nicht mein Typ!"

„Dann ist er genau der Richtige", sagte Lisa, stand auf, lief zielstrebig an die Bar und setzte sich neben den Blonden. Sie setzte ihr verärgertes Gesicht auf und bestellte sich einen Schnaps.

„Puh, den kann ich jetzt wirklich gebrauchen", sagte sie laut vor sich hin und kippte ihn, dem Blonden zuprostend, in einem Zug hinunter.

Er sah ihr lächelnd zu und meinte: „Na, haste Ärger mit deinem Freund", und zeigte dabei auf Stefan.

„Der ist bestimmt nicht mein Freund, das ist mein schwuler Bruder, und er geht mir gerade mächtig auf die Nerven!", antwortete Lisa, perfekt ihre gerade ausgedachte Rolle spielend.

Der Blonde sagte kein Wort mehr, während seine Blicke nicht mehr von Stefan wichen. Lisa fühlte sich in ihrer Annahme bestätigt. Natürlich musste so ein Mann wieder mal schwul sein. Das Leben war hart, aber ungerecht. Sie hatte aber gerade keine Zeit, darüber nachzudenken, vielmehr ging sie in ihrer Rolle geradezu auf.

„Den ganzen Abend jammert er mir jetzt schon vor, wie einsam er ist und so, ich kann das jetzt nicht mehr hören. Ich habe ihm gesagt, komm, lass uns ein bisschen unter Leute gehen, vielleicht passiert ja ein kleines Wunder. Glaubst du an Wunder?", fragte Lisa den Blonden.

„Eh, was, oh ja, klar Wunder gibts schon mal", antwortete er irritiert, den Blick immer noch auf Stefan gerichtet.

Lisa war sich ihrer Sache sicher und meinte: „Naja, mir reichts auf alle Fälle für heute, ich geh nach Hause. Musst du nicht zufällig heute noch eine gute Tat vollbringen? Dann könntest du dich ja ein bisschen um ihn kümmern, ich meine, so von Mann zu Mann ist das ja vielleicht irgendwie effektiver!"

Der Blonde sah Lisa mit offenem Mund fragend an. Bevor er nachfragen konnte, kam Stefan zu ihnen und sagte zu Lisa: „Na, hast du dich wieder beruhigt?"

„Hauptsache, dir geht's gut! Das ist übrigens mein Bruder Stefan und das ist … oh, wie war noch mal dein Name?", fragte Lisa den Blonden.

„Nick", meinte dieser verunsichert.

„Oh ja, also das ist Nick! Tja, wie gesagt, mir reicht's für heute, ich lass euch zwei Hübschen jetzt allein", Lisa zog sich ihre Jacke über, zwinkerte Stefan frech zu und verschwand.

Außer Atem und mit Herzklopfen kam sie zu Hause an und ließ sich aufs Bett fallen. Wehmütig dachte sie darüber nach, was wohl passieren würde, wenn sie oder Stefan sich wirklich in jemanden verlieben würden.

Am nächsten Morgen wurde Lisa durch lautes Poltern geweckt. Sie sah auf die Uhr: Es war acht Uhr morgens. Im selben Moment fiel die Wohnungstüre krachend ins Schloss. Sie hörte Stimmen, die vergeblich versuchten zu flüstern. Redete Stefan jetzt schon mit sich selbst? Lisa stand auf und schlich sich hinaus auf den Flur. Da standen Stefan und Nick Arm in Arm in der Türe und sackten allmählich in die Knie, bis sie dumpf auf den Boden plumpsten und zu kichern anfingen wie kleine Kinder. Stefan hielt sich den Zeigefinger vor den Mund und sagte: „Pssst!" Dabei verzog er sein Gesicht auf eine Art und Weise, dass Lisa ihr

Lachen krampfhaft zurückhalten musste. Nick dagegen bog sich vor Lachen, was Stefan erneut dazu veranlasste, ein laut prustendes „Pssst!" von sich zugeben.

Lisa hatte Stefan noch nie so betrunken erlebt. Sie genoss diesen Anblick. Er sah überglücklich und gelöst aus und zog eine Grimasse nach der anderen. Sie fand, er und Nick gaben ein wunderschönes Paar ab, obwohl sie im Moment nicht gerade besonders frisch aussahen. Die beiden versuchten nun, sich gegenseitig wieder auf die Beine zu helfen, was ihnen nach einigen missglückten Versuchen dann auch endlich gelang. Schwankend bewegten sie sich in Richtung Küche. Lisa schlich auf Zehenspitzen hinterher. Da saßen sie nun hilflos und erschöpft am Küchentisch und kicherten leise vor sich hin.

Nick richtete sich etwas auf und meinte: „Jetzt wäre was zu Trinken recht!"

„Jawohl", lallte Stefan „einmal Sektfrühstück bitte!" Er versuchte aufzustehen, sank aber sofort wieder auf den Stuhl zurück.

„Bedienung!", rief Nick.

Lisa kam nun in die Küche: „Sie hatten gerufen, der Herr!"

Zwei gerötete und völlig verdutzte Augenpaare sahen sie nun an, als hätten sie eine Erscheinung.

„Guten Morgen! Ich mach jetzt Frühstück, bei dem Lärm kann ich sowieso nicht mehr schlafen. Wollt ihr auch was?", fragte Lisa.

„Jawohl", antworteten die beiden wie aus einem Mund und fingen erneut an zu Kichern.

Einige Stunden später saßen sie immer noch in der Küche. Der Kühlschrank war restlos leer gegessen und die dritte Kanne Kaffee stand dampfend auf dem Tisch. Lisa verteilte den letzten Rest Sekt. Stefans und Nicks Zustand verbesserte sich zusehends.

„Wie wär's heute Abend mit Kino, ich würde gern mal wieder ins *Gloria* gehen", meinte Lisa.

„Das kannste vergessen, das *Gloria* gibt's quasi nicht mehr", sagte Nick gelassen.

„Was! Wie ... wie meinst du das?", rief Lisa erschrocken.

Stefan und Lisa sahen sich ungläubig an und richteten nun ihre fragenden Blicke auf Nick.

„Na eben, wie ich's sage. Habt ihr's nicht gehört?"

„Was gehört, nun sag schon", fuhr Lisa Nick ungeduldig ins Wort.

Nick berichtete den beiden, in einem etwas gelangweilten Ton, dass dieser Alfred, der Pächter des *Glorias*, Probleme mit einer Frauengruppe bekommen hatte. Er hatte sich, nachdem er sich von einer dieser Frauen getrennt hatte, geweigert, weiterhin Frauenprogramme anzubieten. Zuerst wurde er telefonisch belästigt und dann hatten sie eines Abends die Fassade mit faulen Tomaten und Eiern versaut. Daraufhin bekam er wiederum Probleme mit seinem Vermieter, der ihn lieber heute als morgen rausgeschmissen hätte. Und nun sei das *Gloria* erst einmal bis auf Weiteres geschlossen. Einige meinten, dass Alfred nervlich am Ende sei und keine Lust mehr hätte, das Kino weiterhin zu betreiben. Andere wieder meinten, dass er die letzten Mieten nicht bezahlen konnte und der Vermieter ihn nun rausgeschmissen hätte. Aber keiner wusste etwas Genaues.

„Irgendwie schade drum", meinte Nick.

Lisa und Stefan stimmten ihm nickend zu und warfen sich vielsagende Blicke zu. Lisa fing vor lauter Aufregung zu zittern an. Schlagartig wurde ihr bewusst, dass nun der Ernst des Lebens beginnen würde. Sie konnte dem Gespräch nicht mehr folgen, ihre Gedanken überschlugen sich. Eine bis dahin noch nicht gekannte Angst breitete sich in ihr aus.

Und dann kam wieder diese Stimme, irgendwoher aus der Tiefe, bedrohlich, es war die Stimme ihrer Mutter, die ihr ein schlechtes Gewissen bereiten sollte. Diese Stimme kam immer wieder und sie war beängstigend. Je mehr Lisa dagegen ankämpfte, umso stärker und nachhaltiger wurde sie. Das ging jetzt schon Jahre so, und sie wurde diese Stimme einfach nicht los.

Ihr Kopf fing zu schmerzen an, sie ließ die beiden Männer alleine und zog sich in ihr Zimmer zurück. Kampflos ergab sie sich ihrer Angst. Bisher hatte sie noch keinen Weg gesehen, wie sie je das *Gloria* würde übernehmen können. Aber jetzt, da es eine realistische Chance gab, dass es klappen könnte, verwandelte sich ihr naiver Enthusiasmus in bloße Versagensangst. Sie merkte, dass sie keinen ihrer so ehrgeizigen Gedanken je zu Ende gedacht hatte. Schließlich hatte sie keine Ahnung vom Kinogeschäft, geschweige denn überhaupt von geschäftlichen Dingen. Sie fragte sich, wie sie nur auf diesen Gedanken kommen konnte, ein Kino zu übernehmen. Sie wusste ja nicht einmal, wie man ein Geschäft anmeldete, und Geld hatte sie auch keines.

Sie war nur noch ein Häuflein Elend, voller Selbstmitleid und Minderwertigkeitskomplexen. Sie saß im Dunkeln, zündete eine Kerze an und starrte in die flackernde Flamme. Sie konnte ihre Tränen nicht mehr aufhalten und wollte es auch nicht. Stundenlang saß sie so in ihrem Zimmer, bis allmählich ihre Kraft wieder zurückkam.

Lisa wischte sich die Tränen aus dem Gesicht und setzte sich an ihre Schreibmaschine. Benommen schrieb sie einfach drauflos:

Bist du geflogen,
hast du geträumt,
oder ist es das Leben.
Bist du aufgewacht,
kannst du sehen,
oder ist es Erinnerung.
Bist du hier,
gehst du weiter,
oder ist es ein Film.
Bist du allein,
hörst du die Stille,
oder ist es die Einsamkeit.
Bist du gefallen,
fühlst du den Weltschmerz,
oder ist es die Sehnsucht.
Bist du verwirrt,
spürst du die Erde beben,
oder ist es die Angst.
Bist du angekommen,
drehst du dich im Kreis,
oder ist es ein Spiel.
Bist du geflogen,
hast du geträumt,
oder träumtest du vom Leben?

Immer diese Angst und diese Selbstzweifel, dachte sie. Ich hab es so satt, ja, ich will, ich will träumen von meinem Leben …!

1987

Lisa saß im Büro und verhandelte am Telefon mit einem unangenehmen Mann eines Filmverleihs. Nach einigem hin und her ging er auf ihr Angebot ein. Zufrieden legte sie auf.

„Na also", meinte sie zufrieden.

„Na also was …?", fragte Stefan, der gerade zur Tür hereinkam.

Lisa lächelte ihm stolz entgegen: „Wir bekommen den Film. Etwas spät, aber immerhin: Die Talking Heads werden bei uns laufen und zwar zu meinen Bedingungen!"

„Na, dann können wir ja bald auch noch ne Disco aufmachen."

„Ja, warum eigentlich nicht?"

Vor Freude fielen sich die beiden in die Arme. Lisa hielt inne. „Was ist los?", fragte Stefan irritiert.

„Irgendwie kommt mir das gerade bekannt vor", meinte Lisa nachdenklich.

„Was kommt dir bekannt vor?"

„Diese Szene gerade, ich glaube, das hab ich schon einmal geträumt", antwortete Lisa.

Das letzte Jahr war hart gewesen. Lisa und Stefan investierten jede freie Minute ins *Gloria* und nebenbei verdienten sie sich durch diverse Jobs das Geld zum Leben. Wie besessen, arbeiteten sie daran, das *Gloria* in ein Programmkino nach ihren Vorstellungen zu verwandeln. Ob sie je einmal davon würden leben können, stand in den Sternen. Bisher konnten sie gerade mal so die Kosten erwirtschaften. Aber heute Abend wollten sie sich dennoch freinehmen und ihr 1-jähriges Bestehen feiern.

„Na, wie seh' ich aus?" Lisa hatte ihr kurzes Schwarzes angezogen und stellte sich nun vor Stefan in Pose.

Stefan sah sie entzückt an und meinte: „Mann oh Mann, vielleicht sollte ich mir das mit den Frauen doch noch mal überlegen."

„Tja, wer zu spät kommt ...", meinte Lisa schnippisch.

„Ja, ja, ich weiß schon. Komm, lass uns gehen, ich habe einen Mordshunger", fiel Stefan ihr ungeduldig ins Wort.

Sie gingen in eine dieser Kneipen, denen es gelang, gutes Essen und gleichzeitig eine lockere und angenehme Atmosphäre mit freundlichem Service zu bieten. Lisa und Stefan waren in bester Laune und genossen ihr Essen in vollen Zügen. Begeistert schmiedeten sie die irrsten Pläne für die Zukunft ihres *Glorias*. Lisa fiel auf, dass Stefan immer wieder einen Blick auf einen Mann an der Bar warf und ihm zulächelte.

„He, willst du schon wieder anbandeln?", stichelte Lisa.

„Was? Ach, was du immer gleich denkst. Außerdem wärst du an der Reihe, nicht wahr?", meinte Stefan grinsend. „Das ist nur ein Freund von mir, den ich schon lange nicht mehr gesehen habe. Würde es dir etwas ausmachen, wenn ich ihn zu uns an den Tisch einlade. Er ist wirklich sehr nett!"

„Ist er schwul?", fragte Lisa spontan.

Stefan musste lachen: „Nicht jeder gutaussehende Mann ist schwul", stellte Stefan frech grinsend fest.

Lisa zeigte Stefan einen Stinkefinger und meinte: „Na, du musst es ja wissen!"

„Und ob …", meinte Stefan und ging zu seinem Bekannten an der Bar. Als er mit ihm zurück an den Tisch kam, machte er die beiden miteinander bekannt:

„Das ist Lisa, meine Geschäftspartnerin und Untermieterin, und das ist Klaus, ein langjähriger Bekannter von mir."

Klaus konnte ein komisches Grinsen, das Lisa im Moment noch nicht richtig einordnen konnte, nicht unterdrücken und meinte: "Ja, langjährig ist wohl das richtige Wort dafür."

Sie unterhielten sich sofort angeregt über dies und jenes, unter anderem auch über das *Gloria*, das Klaus natürlich von früher kannte. Lisa fand Klaus sehr nett. Vor allem mochte sie sein Lachen, dann nämlich, fand sie, sah er irgendwie Stefan sehr ähnlich!

Interessiert hörte Klaus den beiden zu, als sie ihm erzählten, wie sie das *Gloria* übernommen hatten. Und als sie so von ihren Ideen und Plänen berichteten, sprühten die beiden regelrecht vor Energie und Motivation. Sie vergaßen all den Ärger und die Misserfolge der letzten Wochen. Sie waren wie besessen von ihrem gemeinsamen Ziel, das die beiden nun noch stärker miteinander verband. Lisa fühlte sich an diesem Abend so glücklich wie schon lange nicht mehr. Sie hatte das leise Gefühl, dass sie ihre gute Laune auch ein bisschen diesem Klaus zu verdanken hatte. Und obwohl sie ihn gerade eben erst kennengelernt hatte, fühlte sie sich in seiner Gegenwart so wohl, als wären sie bereits Freunde. Je mehr sie daran dachte, um so nervöser wurde sie. Mit dem Vorwand, auf die Toilette zu müssen, stand sie auf. Mit etwas wackeligen Beinen, die sie auf den Sekt zurückführte, ging sie hinaus. Sie stand vor der Tür und atmete in tiefen Zügen die frische Luft ein. Oh Lisa, was passiert mit dir, dachte sie verwirrt.

„Also Bruderherz, wenn ich nicht schon wüsste, dass du homo bist, dann wäre ich spätestens jetzt davon überzeugt. Mit so einer Frau zusammenwohnen und arbeiten, ohne etwas mit ihr zu haben, das ist echt der Hammer!", stöhnte Klaus kopfschüttelnd, als Lisa draußen war.

„Im Moment bin ich mir nicht mehr so sicher, ob es richtig von mir war, euch beide zusammenzubringen.

Womöglich schaufele ich mir da mein eigenes Grab",
meinte Stefan nachdenklich.

„Jetzt werd' aber nicht schwermütig. Früher oder
später hätte ich sie ja doch kennengelernt."

„Ja, aber später hätte ja auch noch gereicht!"

„Außerdem wissen wir ja gar nicht, ob ich ihr Typ
bin!"

„Du bist vielleicht nicht ihr Typ, aber sie hat sich
bereits heute Abend in dich verliebt, auch wenn sie es
selbst noch nicht weiß."

Lisa ging wieder hinein, die frische Luft hatte ihr
gut getan. Sie lief wieder mit gewohnter Sicherheit.
Von einiger Entfernung aus beobachtete sie Stefan
und Klaus, die in ein Gespräch vertieft schienen. Jetzt
erst fiel ihr auf, dass sich die beiden nicht nur beim
Lächeln ähnlich sahen. Als sie an den Tisch zurückkam, beendeten sie abrupt ihr Gespräch.

„Störe ich?", fragte Lisa etwas verunsichert.

„Nein, ganz im Gegenteil", antworteten die beiden
fast wie aus einem Mund.

Lisa zündete sich eine Zigarette an, etwas in der
Hand zu haben tat jetzt echt gut.

Klaus lächelte sie nervös an und meinte: „Na, was
machen wir drei Hübschen nun mit dem angebrochenen Abend?"

Lisa befürchtete, Stefan könnte sie mit Klaus alleine
lassen und bestellte schnell noch eine letzte Runde
Schnaps. Danach verabschiedeten sie sich. Auf dem

Nachhauseweg fragte Lisa Stefan über Klaus aus.

„Ich dachte immer, ich kenne bereits deine ganzen Bekannten in der Stadt?"

„Kennst du ja auch, aber Klaus ist erst seit ein paar Tagen wieder hier. Im letzten Jahr hat er wegen eines Jobs in Hamburg gewohnt."

„Und woher kennt ihr euch?"

Stefan kam ins Stocken. Seltsamerweise hatte er mit dieser Frage jetzt noch nicht gerechnet. Er wollte Lisa nicht anschwindeln, aber sollte er ihr jetzt schon sagen, dass er diese Begegnung heute Abend bereits seit zwei Tagen geplant und organisiert hatte? Plötzlich kam er sich wie ein Idiot vor. Und er hatte Angst. Während sein Bruder in Hamburg war, hatten sie nur gelegentlich miteinander telefoniert. Sie hatten sich in dieser Zeit im wahrsten Sinne des Wortes aus den Augen verloren. Doch als sie letzte Woche Wiedersehen feierten, da wurde Stefan plötzlich klar, dass Klaus und Lisa optimal zusammenpassen würden. Er beschloss, ihrem sonstigen „Partner-Such-Spiel" etwas nachzuhelfen. Aber planen ist eine Sache. Eine ganz andere Sache ist es, wenn sich der Plan zu erfüllen scheint. Stefan spürte so etwas wie Eifersucht in sich aufsteigen. Er hatte Lisas Hochstimmung wahrgenommen und er wusste woher sie kam.

„Ach, wir kennen uns eigentlich schon von Kindesbeinen an", formulierte Stefan geschickt.

Bis sie endlich zu Hause ankamen, hatte Lisa Stefan

ein Loch in den Bauch gefragt. Sie wollte wirklich alles über Klaus wissen und Stefan hatte ihr notgedrungen Klaus' kompletten Lebensweg erzählt. Erschöpft ließ er sich auf den nächstbesten Stuhl fallen. Lisa lief aufgedreht in der Küche hin und her.

„Ich glaube der Sekt wird mir heute mal wieder eine schlaflose Nacht bescheren", sagte Lisa nachdenklich vor sich hin.

Stefan lächelte sie an und meinte: „Heute ist ganz bestimmt nicht der Sekt der Schuldige!"

Sie sahen sich einige Sekunden lang liebevoll an, bis Lisa sagte: „Er hat deine Augen."

„Könntest du vielleicht heute Abend noch Kasse machen? Ich würde ganz gerne in einer halben Stunde los."

Stefan sah Lisa mit seinem schüchtern-mitleidsvollem Blick an, dem Lisa einfach nie widerstehen konnte. Immer wenn er sie so ansah, dachte sie an den Abend, an dem sie sich kennenlernten, und an ihre Gefühle für Stefan. Nie wieder werde ich einen Mann so lieben können wie ihn, dachte sie wehmütig. Ich kann es mir zumindest nicht vorstellen und was man sich nicht vorstellen kann, kann auch nicht sein, oder? Allerdings konnte ich mir auch nicht vorstellen, dass ich mich je zu einem Mann so hingezogen fühle …

müßige Gedanken. Traumprinzen sind wohl nur für andere bestimmt. Sie verspürte zum ersten Mal eine gewisse Erleichterung darüber, dass Stefan schwul war. Sie hätte es wohl nie überwunden, wenn er eine andere Frau geliebt hätte.

„Was hast du denn vor?", fragte Lisa betont neugierig.

„Nick macht 'ne Party, und ich hab versprochen, ihm zu helfen."

„Oh oh, dann wünsche ich viel Spaß beim Helfen!"

„Danke, Lischen." So nannte er sie gelegentlich, vor allem dann, wenn er sie ein bisschen ärgern wollte. Zum Ausgleich drückte er ihr schnell ein Bussi auf die Wange, wünschte ihr einen schönen Abend und verschwand.

Lisa saß zufrieden an der Kasse. Von Woche zu Woche wurden es mehr Besucher. Sie bemerkte, wie allmählich all die Leute wiederkamen, die früher wohl zu den Stammkunden zählten. Es hatte sich herumgesprochen, dass man wieder ins *Gloria* gehen konnte. Wenn es so weitergehen würde, konnten sie vielleicht schon bald ihre Jobs an den Nagel hängen und tatsächlich nur vom *Gloria* leben.

Als sie ihren Eltern damals vom *Gloria* erzählt hatte, wurde sie, wenn auch nicht wörtlich, für verrückt erklärt. Ihre Mutter gab ihr mit ihrem heranlassenden so-so … zu verstehen, dass so etwas doch nie und nimmer funktionieren würde, und ihr Vater seufzte schwermütig, als wollte er sagen, Kind, wann wirst du endlich vernünftig. Sie fragten also – wie immer – nicht nach Lisas Vorstellungen, Wünschen und Chancen, sondern schwiegen das Thema lieber tot. Lisa kannte das, schon frühzeitig hatte sie zu ihrem Schutz eine dicke Mauer um sich aufgebaut. Sie konnte es nicht ertragen, wenn in offene Wunden gestochen wurde. Dennoch durchdrangen die Sticheleien ihrer Mutter manchmal sämtliche Schutzwälle und trafen genau dort, wo es besonders weh tat. Doch schlimmer als alle Sticheleien war dieses so-so … in dem ihr wohlbekannten Tonfall ihrer Mutter, der Lisa noch jahrelang auf Schritt und Tritt verfolgte. Lisa sollte erst später erfahren, dass sie, anstatt Mauern aufzubauen, diese aufbrechen musste, um sich von der latent vorhandenen Stimme ihrer Mutter befreien zu können.

„Hallo Lisa!" Sie brauchte einige Augenblicke, bis sie Klaus richtig wahrnehmen konnte.

„Geht's dir nicht gut", fragte er mit prüfendem Blick.

„Oh, hallo Klaus, entschuldige, ich war gerade in Gedanken.

Sie lächelten sich an und Lisa spürte wieder dieses leichte Kribbeln in der Bauchgegend, wie beim letzten Mal, als sie sich zufällig in der Stadt getroffen hatten.

„Hat sich ja ganz schön was getan hier", meinte Klaus um sich blickend.

„Gefällt's dir?"

„Ja, ist wirklich schön geworden. Ich würde sagen, eure Mühen haben sich gelohnt."

Lisa beobachtete Klaus, während dieser seine Blicke neugierig umherschweifen ließ. Sie wusste nicht, was sie sagen sollte, konnte aber die Stille zwischen ihnen nicht mehr ertragen.

„Möchtest du dir den Film ansehen?"

„Ach so, der Film, natürlich deswegen bin ich ja hier. Hat er schon angefangen?"

„Ja, gerade eben."

„Oh, dann muss ich mich aber beeilen, was macht das?"

„Du bist heute eingeladen", Lisa streckte ihm die Karte entgegen.

„Oh, danke, dann musst du dich nachher aber noch auf einen Drink einladen lassen, okay?"

„Abgemacht!"

Als endlich alle Leute draußen waren, machte Lisa ihren Rundgang, wie jeden Abend. Klaus wartete in dem kleinen Vorraum. Als sie, nachdem sie alles erledigt hatte, zu ihm kam, lächelte er ihr verlegen entgegen.

Sie gingen in die Kneipe, in die sie damals mit Stefan und Bernd gegangen war.

„Als ich Stefan kennenlernte, waren wir auch hier", meinte Lisa, um etwas zu sagen.

„Ja, ich weiß, das ist Stefans Stammkneipe, hier hat er damals Bernd kennengelernt!"

„Bist du auch öfters hier?"

„Du meinst, ob ich auch schwul bin? Nein, bin ich nicht. Aber früher war ich hier schon öfters!"

Lisa war die Situation irgendwie peinlich. Dennoch war sie sich über diese Freundschaft zwischen Klaus und Stefan noch nicht so ganz im Klaren.

„Wie ist das für dich, einen schwulen Kumpel zu haben?"

Klaus zupfte nachdenklich mit den Fingern an seiner Unterlippe herum. Dann meinte er mit gesenktem Blick:

„Früher gab's deswegen schon immer wieder mal Probleme, oder sagen wir besser Verständigungsschwierigkeiten. Aber mit der Zeit haben wir, oder vielleicht sollte ich besser sagen, habe ich gelernt, damit umzugehen. Heute weiß ich, dass es Angst war. Angst vor diesem Anderssein, dass ich nicht kannte und nicht verstand. Und letztlich auch Angst davor, wie die anderen reagieren würden. Ach, was weiß ich, vor was ich alles Angst hatte. Es ist zum Kotzen mit der Angst. Ich bin froh, dass diese Zeit vorbei ist."

„Dass die Zeit der Angst vorbei ist?", fragte Lisa neugierig. Sie war wahrlich begeistert von seiner Offenheit.

Klaus sah sie nachdenklich an. Er schien sich erst jetzt darüber bewusst geworden zu sein, was da eben aus ihm heraussprudelte wie angestautes Wasser, das endlich fließen konnte.

Er ließ sich lange Zeit, bevor er antwortete:

"Stefan ist mein älterer Bruder. Ich habe ihn geliebt und verehrt. Er war mein Vorbild. Wir haben alles gemeinsam gemacht, waren unzertrennlich. Bis wir in die Pubertät kamen …"

Lisa fingerte sich eine Zigarette aus ihrer Tasche. Sie dachte an Stefan. Er hatte ihr also schon zum zweiten Mal etwas verheimlicht, dieser Mistkerl!

„Unsere Begegnung war also kein Zufall?"

„Nein", gab Klaus kleinlaut zu.

Lisa versuchte sich zu ärgern, aber ohne Erfolg. Sie sah Klaus an, dachte an Stefan und meinte: „Ich hab's ja sofort gesagt, die gleichen Augen!"

1992

Erinnerungen … dachte Lisa. Wehmütig kramte sie in ihrer Kiste, die voll mit Erinnerungen war. Fotos, Briefe, Gedanken aus einer Zeit in der sie die Dinge irgendwie noch anders wahrgenommen hatte, intensiver vielleicht? Oder naiver?

Seit einer Woche war sie nun 30 Jahre alt. 30 Jahre, sie wollte sich weder daran gewöhnen, und sie wollte auch nicht feiern. Was gibt es da zu feiern, hatte sie Klaus und Stefan geantwortet, als die beiden ihr vorschlugen, eine kleine Party zu veranstalten. Außerdem, wen hätte sie einladen sollen? Stefan und Klaus waren zu den wichtigsten Menschen in ihrem Leben geworden. Also verbrachte sie auch ihren Geburtstag mit ihnen, sowie überhaupt die meiste Zeit. Sie fühlte sich wohl dabei. Nur dann und wann kam die Sehnsucht nach einer Freundin, die Sehnsucht nach Marion …

Sie zog ein Blatt aus ihrer Kiste der Erinnerungen. Gedanken, die sie wohl schon vor einigen Jahren aufgeschrieben hatte. Sie konnte sich nicht mehr daran erinnern:

Die Tage vergehn,
der Wind nimmt sie mit,
so schnell,
so unbemerkt.
Die Zukunft schmilzt dahin
wie der Schnee,
was bleibt ist
jede Menge verlorene Zeit.
Neue Zeit kommt hinzu,
wird zur Vergangenheit
ehe der Gedanke daran
zu Ende gedacht ist.
Unaufhaltsam,
immer weiter,
verhaftet im Gedanken
an die verlorene Zeit.

Verhaftet im Gedanken an die verlorene Zeit. Wie oft noch, wie lange noch sollte das so weitergehen? Scheiß auf das, was war, das Leben ist jetzt! Wütend zerknüllte sie das Papier in ihrer Hand.

Konnte sie nicht zufrieden sein? Im Moment verdiente sie mehr Geld als sie brauchte. Seit einigen Jahren hatte sie sogar eine eigene kleine Wohnung, und das *Gloria* hatte sich prächtig entwickelt. Stefan und Lisa hatten längst nicht mehr nur ein Kino. Das *Gloria* war Kino und Kneipe in einem und stadtbekannt.

Natürlich hatte es auch schwierige Zeiten gegeben. Zeiten, in denen sie am liebsten davongelaufen wäre. Zeiten, in denen sie sich so überfordert fühlte, dass sie meinte, ihr müsste gleich der Kopf zerbersten. Und diese Streitereien mit Stefan über die weitere Vorgehensweise, was wichtig war und was eher nicht. Dennoch, alles in allem, hatten sie gut zusammengearbeitet und ihr „Baby" hatte sich schließlich prächtig entwickelt.

Dass sie aber auch immer irgendwie zwischen Stefan und Klaus stand, machte ihr öfters zu schaffen. Seit Lisa und Klaus ein Paar waren, spürte sie oft so etwas wie Eifersucht zwischen den beiden. Sie lebte mit der ständigen Befürchtung, womöglich beide zu verlieren, wenn sie sich nicht genügend um Ausgleich bemühte.

Natürlich kam es oft zu Gesprächen zu dritt, auch über das *Gloria*. Klaus wurde also involviert, ob er das wollte oder nicht. Genau das waren die Situationen, in denen Lisa klar wurde, hier geht es nicht mehr um die Sache, sondern mehr darum, wer von den beiden bei ihr mehr Gehör fand.

Doch andererseits fühlte sich Lisa unbesiegbar, wenn sie, mit Stefan und Klaus, abends durch die Stadt zog. Unbesiegbar und voller Energie! Sie genoss diese Aufbruchsstimmung, wenn Klaus an seiner Karriere bei einer Unternehmensberatung arbeitete und Lisa und Stefan an ihrem *Gloria*. In dieser Zeit war Lisa so beschäftigt, dass sie nur noch selten an Marion dachte.

Genau an dem Tag, als Lisa und Klaus, nachdem sie endlich beschlossen hatten zusammenzuziehen und nun, nach langem Suchen auch eine geeignete Wohnung in Aussicht hatten, fand Lisa am Abend, als sie erschöpft von den Besichtigungen nach Hause kam, im Briefkasten einen an sie adressierten Brief. Noch ungeöffnet ließ er sie bereits innerlich erzittern. Wie einen Schatz, von dem man nicht recht weiß, was er wohl bringen wird, trug sie ihn behutsam in ihr Zimmer und legte ihn auf den Tisch. Unruhig ging sie im Zimmer umher, den Blick stur auf den Umschlag gerichtet, unschlüssig, ob sie ihn nun öffnen sollte oder nicht. Marion, dachte sie.

Es war eine rosarote Karte. Auf der einen Seite ein Foto mit einem „schrumpeligen" Babygesicht. Auf der anderen Seite stand:

Wir freuen uns über die Geburt unserer lieben Tochter
Sara Hauser-Hagen!
2900 gr. / 49 cm groß / geb. 10.01.1992
Dieses Ereignis wollen wir mit euch feiern!
Am 30.01. um 16.00 Uhr.
Wir freuen uns auf euch!
Marion und Rainer

Darunter hatte Marion in kaum leserlicher Handschrift vermerkt: *Mir fehlen die Worte für einen Anfang – aber ich brauche Dich!*

Lisa starrte, die Karte immer noch zitternd in der Hand haltend, auf das faltige Babygesicht. Sie sank in sich zusammen. Hauser-Hagen, wie konnte Marion einen Doppelnamen wählen? Fand sie das nicht auch immer oberdämlich! Sie hat einfach geheiratet! Muss man denn gleich heiraten, nur weil ein Kind unterwegs ist! In Gedanken sah sie Marion am Spielplatz sitzen, ein niedliches Jäckchen häkelnd und sich mit anderen glücklichen Muttis unterhaltend …

Dabei fiel ihr auf, dass sie Marions Gesicht in ihren Gedanken nur noch verschwommen wahrnehmen konnte. *Aber ich brauche dich* – immer und immer wieder las sie diesen Satz, bis sie merkte, dass ihre Tränen die Schrift bereits verschwimmen ließen. Schnell wischte sie mit ihrem Ärmel darüber und machte alles nur noch schlimmer. Zornig warf sie die Karte ins Eck. Sie stützte sich mit den Ellbogen auf den Schreibtisch und verbarg ihr Gesicht in ihren Händen. So saß sie lange – Erinnerungen stellten sich ein, Bilder aus längst vergangenen Zeiten:

Marion und Lisa in Griechenland – ihr erster Urlaub ganz allein. Zwei junge Teenies, mit Rucksack und Schlafsack unterwegs, auf der Suche nach mehr! Lisas erster richtiger Rausch auf einem Weinfest in

Antiparos – Marions große Liebe mit den dunklen Augen – Lisa und Marion am Bahnhof in Athen, Rotz und Wasser heulend, weil sie dachten, die Welt bräche zusammen, als sie ihre beiden griechischen Verehrer verabschieden mussten. Sie waren so jung, so unaufhaltsam, das ganze Leben lag noch vor ihnen!

Lisa sah Marions Gesicht jetzt wieder ganz klar. Marion Hauser-Hagen, ich brauche dich auch, dachte sie schluchzend.

Es klingelte an ihrer Tür. Nach einiger Zeit öffnete Lisa zögerlich. Stefan schaute verunsichert durch die halbgeöffnete Türe: „Störe ich?"

Ohne auf eine Antwort zu warten, kam er herein und streichelte Lisa sanft den Kopf.

„Was ist denn mit Dir passiert, Lischen." Er sah die Karte auf dem Boden und hob sie auf, während Lisa immer noch das Gesicht in ihren Händen verbarg.

„Auweia!", gab Stefan von sich, während er noch las.

Dann ging er wieder zu ihr, zog sie sanft nach oben und hielt sie fest in seinen Armen. Lange Zeit standen sie so da, bis Lisa langsam wieder ruhiger wurde. Sie sah ihm direkt in die Augen und meinte: „Ich glaube, ich will nicht erwachsen werden."

Stefan wischte ihr die Tränen aus dem Gesicht und lächelte sie an. „Das wird schon wieder, glaub mir."

„Ich hab so eine unendliche Angst, Stefan. Ich liebe

Klaus, aber ich hab Angst davor, mit ihm zusammen-zuziehen. Ich brauche Marion so sehr und doch habe ich sie fast vergessen! Und jetzt hat sie ein Kind, eine richtige Familie. Es wird nie wieder wie früher. Alles wird so ernst, so gefestigt, so furchtbar erwachsen! Es ging so schnell und jetzt ist alles anders!"

Sie klammerte sich an Stefan wie ein kleines Kind. „Versprichst du mir, dass du mich nie alleine lässt?"

Stefan sah sie mit seinem mitleidigen Blick an, den sie so sehr zu fürchten gelernt hatte.

„Entschuldige, ich weiß, Du bist nicht mein Prinz", meinte Lisa stöhnend und schmiegte sich an seine Brust.

„Bernd musste doch nochmal nach London, er hat mich angerufen, er meinte, wenn er nicht alles verlie-ren möchte, was er sich in den letzten Jahren aufge-baut hat, dann muss er künftig in London bleiben!"

Das saß, unwillkürlich zuckte Lisa zusammen. „Na schön, dann werd' ich's halt doch probieren", meinte Lisa.

„Was?" fragte Stefan.

„Das mit dem erwachsen Werden!"

Stefan nahm sie an der Hand und zog sie mit in die Küche. „Komm, ich hab uns unterwegs was Feines ge-kocht!"

Er stellte die mitgebrachte Tasche auf den Küchen-tisch und packte eine Leckerei nach der anderen aus – thailändisch!

Lisa holte gekühlten Sekt aus dem Kühlschrank.

„Wie früher, oder noch viel schöner. Lass uns diesen Abend einfach genießen, alles andere regeln wir später, okay?"

An diesem Abend gestand Stefan ihr zum ersten und einzigen Mal, offen und ehrlich seine verzweifelte Situation, und dass er weder sie noch Bernd verlieren wollte. Und während er redete und redete, spürte Lisa unabdingbar, dass es nun so weit war. Da kam etwas wie ein Gewitter auf sie zu, und wenn sie sich auch noch so dagegen wehrte, es war offensichtlich, dass dieser Sturm nicht an ihr vorüberzog. Fraglich war nur, wann genau es krachte.

„Kannst du heute bitte hierbleiben?"

Stefan nickte stumm, und im Morgengrauen kuschelten sie sich aneinander und schliefen Arm in Arm ein.

Lisa wurde vom Telefon geweckt. Vorsichtig wand sie sich aus Stefans Armen und ging auf Zehenspitzen, um den Hörer abzunehmen.

„Lisa Vogel", sagte sie schlaftrunken.

„Guten Morgen, ich bin's." Klaus hörte sich überaus glücklich an.

„Hallo, du klingst so glücklich?"

„Ja, allerdings, Lisa, stell dir vor, das mit unserer Wohnung klappt. Wir können schon nächsten Monat einziehen!"

Lisa rieb sich den Schlaf aus den Augen. Sie fingerte sich eine Zigarette heran, obwohl sie nie auf nüchternen Magen rauchte, und steckte sie an. Sie holte tief Luft und atmete langsam und bewusst aus.

„Was ist, freust du dich nicht", hörte sie Klaus fragen.

„Doch, natürlich freue ich mich", gab Lisa automatisch zur Antwort.

Sie freute sich wirklich, schließlich war es ihre Lieblingswohnung. Es war die einzige Wohnung, in der sie sich gleich bei der Besichtigung wohl gefühlt hatte. Mit Südbalkon und für jeden ein eigenes Zimmer, was Lisa zur Bedingung gemacht hatte. Alles an dieser Wohnung war optimal.

„Geht's dir nicht gut?", fragte Klaus unsicher.

„Doch, doch, bin nur noch nicht ganz wach", entschuldigte sich Lisa, was eigentlich gelogen war, denn mittlerweile war sie hellwach, so wach wie schon lange nicht mehr.

„Ich hab gleich fest zugesagt, ist doch okay, oder?"

„Klar", sagte Lisa.

„Ich finde, das müssen wir feiern. Ist Stefan da?"

„Mhm, ja", sagte Lisa und dachte heimlich lächelnd, er liegt in meinem Bett. „Er hat mich mit einem Frühstück überrascht!", fügte sie schnell hinzu.

„Okay, wie wär's, wenn ich dazu komme, ich bring auch Kuchen mit?"

„Ja klar, super Idee!"

„Super, bis gleich, ich liebe dich!"

„Ich liebe dich auch", Lisa legte andächtig den Hörer auf. Ja, ich liebe auch dich – dachte sie.

„Willst du vielleicht lieber alleine gehen?", fragte Klaus unsicher, während Lisa verzweifelt nach etwas Passendem zum Anziehen suchte.

Lisa sah ihn mit leerem Blick an.

„Ich meine ja nur ... ihr habt euch so lange nicht mehr gesehen, ich will nicht stören."

Lisa stand verwirrt, einen gerade wieder ausgezogenen Pulli in der Hand vor dem Kleiderschrank und fauchte Klaus an: „Was soll das denn jetzt, wir haben beide zugesagt, dann gehen wir auch beide hin, oder?"

„Entschuldige, ich dachte ja nur ...", gab Klaus verletzt zurück.

„Tut mir leid", sagte Lisa schnell. „Ich bin ganz durcheinander. Bitte lass mich jetzt nicht allein!"

„Schon gut, ich freue mich ja, deine Freundin endlich mal kennenzulernen."

Sie fuhren mit der Straßenbahn stadtauswärts. Lisa sagte die ganze Fahrt über kein Wort. Stattdessen malte sie sich geistig Horrorszenarien aus. Marion, dick und rund, im Jogginganzug und Birkenstockschlappen, das Baby auf dem Arm, in der anderen

Hand eine Rassel, freundlich grinsend! Sie dachte an die glücklich strickenden Mütter am Spielplatz, denen sie im Park immer begegnete. Wieso war dieses Bild eigentlich so schrecklich für sie. Was war los mit ihr. Fehlte ihr womöglich ein Gen. Gab es ein „Muttergen" oder so etwas? Oder hatte es vielleicht etwas mit ihrer Kindheit zu tun. Bekommt man so etwas anerzogen?

Sie dachte an ihre Eltern, sie hatte sie schon lange nicht mehr besucht. Ihre Mutter hatte sich beim letzten Telefonat darüber beklagt. Lisa hatte es auf den Umzug geschoben, aber letztlich wusste sie nicht, wieso sie hätte hingehen sollen. Seit das *Gloria* so gut ging, vermieden ihre Eltern tunlichst, mit Lisa darüber zu sprechen. Sie hatten kein Interesse an ihrem Tun, sie trauten der ganzen Sache grundsätzlich nicht über den Weg. Wahrscheinlich, so meinte Lisa, weil sie es mir einfach nicht zutrauen. Anfangs haben sie mich nur belächelt. Jetzt, wo sie merken, dass sich das Ganze doch positiv entwickelt, sind sie so verunsichert, dass sie erst recht nicht nachfragen. Sie haben mir nie auch nur irgendetwas Gutes zugetraut, dachte Lisa in sich gekehrt.

Vertrauen, anderen etwas zutrauen und vor allem sich selbst … war es vielleicht das, was ihr fehlte? Traute sie sich nicht zu, ein Kind zu erziehen? War sie neidisch auf Marion, weil sie es konnte?

Draußen wurde es immer ländlicher. Mein Gott, wieso mussten sie denn auch gleich noch aufs Land ziehen, dachte Lisa ärgerlich. Wie eine typische Familie! Und Rainer ist jetzt wohl einer dieser neuen Softies! Oh mein Gott, was will ich denn dort!

Sie waren an der Endstation angekommen. Jetzt mussten sie noch ein Stück mit dem Bus weiterfahren. Klaus warf ihr einen fragenden Blick zu. Sie musste sich sehr anstrengen, um ihm ein kurzes Lächeln zu schenken. Sie dachte daran, wie sie und Rainer sich zum ersten Mal gesehen hatten. Nachdem Marion die beiden miteinander bekannt gemacht hatte, gaben sie sich die Hand. Diesen Händedruck würde Lisa wohl nie vergessen! Rainer nahm ihre Hand, sachte und dennoch fest umschlossen, und zog sie ein wenig zu sich. Sie sahen sich in die Augen, nicht wie man sich normalerweise in die Augen sieht. Lisa kam es vor, als hätte er für einen kurzen Augenblick direkt in ihr Innerstes gesehen!

„Also, ich find's schön hier", meinte Klaus, als sie vor dem Häuschen angekommen waren.

Na prima, dachte Lisa entnervt.

„Möchtest du nicht klingeln?", drängelte Klaus.

„Ja, ja, immer mit der Ruhe!", hörte Lisa sich sagen, als sie zögerlich auf die Klingel drückte. Von drinnen konnten sie Stimmen hören.

Rainer öffnete ihnen die Tür.

„Lisa!", rief er entzückt. Sie sahen sich neugierig an, aber diesmal konnte nicht einmal er tiefer blicken, Lisa hatte vorsorglich vollkommen zugemacht. Sie umarmten sich kurz und höflich.

Dann meinte Rainer: „Und du musst Klaus sein. Hallo, ich bin Rainer, Marions Mann!"

Ach nee, dachte Lisa, auch schon die üblichen Höflichkeitsfloskeln gelernt? Die beiden Männer gaben sich die Hand, dann gingen alle ins Haus.

Zu Lisa gewandt, meinte Rainer: „Du musst dich noch etwas gedulden, Marion ist gerade oben bei Sara. Beim Stillen brauchen die beiden etwas Ruhe."

Schön gesagt, dachte Lisa. Wurde dann aber in ihrer Negativ-Gedanken-Kette unterbrochen, als Klaus und sie den anderen Gästen vorgestellt wurden. Lisa war erleichtert, ein Treffen in kleiner Runde hätte ihr gerade noch gefehlt.

1997

„Prost, Lisa! Auf unser 35. Lebensjahr!"

Marion und Lisa saßen erschöpft und schwitzend allein in der Küche. Im Nebenraum tobte die Party. Sie tranken Champagner und lächelten sich vertraut zu. Sie genossen den Abend, ihre gemeinsame Geburtstagsparty, einfach alles.

„Weißt du noch, damals bei Saras Geburtsfeier", meinte Marion plötzlich nachdenklich.

„Dein Gesicht werde ich nie vergessen, du hast mich angesehen wie ein Auto!", lachte Marion. „Was ging da eigentlich in deinem Kopf vor?"

„Ich weiß nicht mehr, ich glaube, ich hatte Angst dich zu verlieren."

„Wir hatten uns bereits verloren, oder nicht?"

„Schon, aber aus den Augen verlieren ist das eine, sich aus dem Sinn zu verlieren, das andere!"

Marion beugte sich über den Tisch zu Lisa und sah ihr direkt in die Augen: „Ich lasse es nie wieder zu, dass wir uns verlieren, weder so noch so, klaro!?"

„Klaro!", hörte Lisa sich sagen und erschrak gleichzeitig über den Gedanken, den sie dabei hatte. Unerklärlicherweise musste sie jetzt an den Tod denken. Sie zuckte zusammen, ihr wurde leicht schwindlig. Sie sah Marion an, die vor Leben nur so sprühte und lauthals Happy Birthday zu singen begann.

„Komm Lisa, dieser Abend gehört nur uns beiden. Lass uns wieder rüber gehen zu den anderen, heute Abend möchte ich nur feiern!" Sie hakte sich bei Lisa ein, zog sie vom Stuhl und hinüber ins andere Zimmer, wo die anderen tanzten und tobten. Die Stimmung war bestens, es war die schönste Party seit langem.

Lisa sah den anderen beim Tanzen zu und versuchte, ihre Gedanken zu verdrängen, was ihr nicht besonders gut gelang. Sie ging hinaus auf den Balkon und sog gierig die frische Herbstluft ein. Sie dachte an die Zeit, ihre Zeit, an den Anfang und an das Ende, und wie schnell die letzten Jahre vergangen waren. Sie dachte an das kleine Baby in Marions Armen, es kam ihr vor als wäre es erst gestern gewesen, und nun war Sara schon ein kleines Mädchen. Ein wunderbares und gleichzeitig seltsames Mädchen! Je älter sie wurde, umso mehr fühlte sich Lisa mit ihr verbunden. Sie war sogar schon öfters als „Babysitter" eingesprungen, wenn Marion und Rainer weggehen wollten. Sie genoss diese Abende. Sara war ein tiefsinniges Kind, sensibel und einfühlsam, aber auch ängstlich, oft kritisch und irgendwie unnahbar. Marion hatte Lisa gegenüber des Öfteren erwähnt, dass sie manchmal einfach nicht an ihr Kind herankäme, als ob eine unsichtbare Wand zwischen ihnen wäre, was sie sehr bedauerte.

Aber Lisa konnte im Laufe der Zeit Saras Vertrauen gewinnen, und manchmal wurde Sara sogar so anhänglich, dass es Lisa fast zu viel wurde. Doch wenn Sara freudestrahlend auf sie zulief und laut „Hallo, Tante Lisa!" rief, war alles vergessen, nichts mehr zu viel, höchstens zu wenig.

Lisa hatte sich nie vorstellen können, dass sie einmal eine so tiefe Beziehung zu einem Kind haben könnte. Doch bei Sara spürte sie etwas, was sie noch nicht richtig benennen konnte, aber von sich selbst gut kannte.

Dennoch hatte sie sich vor einem halben Jahr dazu entschlossen, niemals ein eigenes Kind zu haben. Sie hatte sich nach langem Überlegen sterilisieren lassen, es war wie eine Befreiung für sie.

„Zigarette?" Rainer stand neben ihr und hielt ihr die offene Schachtel hin.

„Ja, gern."

Sie lehnten sich ans Balkongeländer, rauchten und sahen in den dunklen Himmel.

„Sara hat sich heute fürchterlich darüber beschwert, dass sie nicht mitkommen durfte", meinte Rainer, ohne Lisa dabei anzusehen.

„Hatte sie wieder einen ihrer Tobsuchtsanfälle?"

„Naja, beinahe. Als wir gingen, hat sie nicht einmal mehr Tschüs gesagt. Sie hat dich sehr gern, Lisa!"

„Ja, ich sie auch!"

„Sie erinnert mich sehr oft an dich."

„An mich, inwiefern?"

Rainer drehte sich Lisa zu und lächelte: „Naja, zum Beispiel, wenn sie solche Fragen stellt, auf die sie die Antwort schon im Vorhinein kennt, so wie du jetzt!"

„Ach ja?" Lisa lächelte verlegen und schnippte mit Daumen und Zeigefinger ihre Kippe in die Nacht.

„Ja. Außerdem hat sie ähnlich unergründliche Augen wie du. Man sieht euch in die Augen und hat das Gefühl, in die Tiefe zu fallen. Ein Gefühl von grenzenloser Freiheit und Angst, sich zu verlieren zu-gleich!"

„Wieso sagst du das?"

„Weil es so ist, Lisa. Manchmal könnte man glauben, du wärst Saras Mutter."

„Oh, das ist Gott sei Dank definitiv nicht der Fall!"

„Wieso, weil du nicht Mutter sein willst oder wegen mir?"

„Ach, Rainer, lass uns heute nicht damit anfangen, okay? Komm, geh'n wir wieder rein, mir ist kalt!"

Erschöpft ließ sich Lisa gegen vier Uhr morgens ins Bett fallen. Sie bestand darauf, nachdem alle gegangen waren, wenigstens noch das Gröbste wegzuräumen. Klaus schlief bereits, doch Lisa konnte nicht einschlafen. Erst im Morgengrauen sank sie in einen leichten Schlaf, aus dem sie kurze Zeit später jäh hochschreckte.

Klaus streckte seine Hand nach ihr aus und murmelte: „Was ist los, Lisa?"

„Nichts, ich hab nur geträumt."

Klaus kuschelte sich an sie und streichelte sie sanft. Schlaftrunken liebten sie sich, leise und liebevoll, bis der Morgen da war.

„Was hast du geträumt?"

„Ich lief total hektisch durch die Straßen. Irgendwas oder irgendwen musste ich unbedingt zu einer bestimmten Zeit erreichen. Aber ich hatte keine Uhr an und keine Ahnung, wie spät es war. Ich wollte mich an der Sonne orientieren, aber ich konnte sie nicht sehen, obwohl es ein sonniger Tag war. Nirgends konnte ich eine Uhr finden und alle Menschen, denen ich begegnete, hatten auch keine Uhr dabei. Ich rannte immer schneller, und dann fiel mir ein, dass ich gar nicht wusste, wohin ich eigentlich kommen sollte. Mir kam ein kleines Mädchen entgegen, sie sah aus wie Sara. Ich fragte sie nach der Zeit. Sie lächelte mich seltsam an und meinte: Du hast noch genug Zeit. Sie ist noch eine Weile da. Ich schrie sie an: Aber wie lange noch!? Da hat sie mich ganz ernst angesehen und gesagt: Die Zeit ist doch unwichtig. Die Zeit ist nur etwas für Unwissende. Wenn du weiterkommen willst, halte dich nicht an der Zeit fest! Sie fing ekelhaft zu lachen an und rannte davon. Dann bin ich aufgewacht!"

Klaus nahm sie vorsichtig in den Arm: „Hast du ihn aufgeschrieben?"

„Nein, ich glaube den werde ich auch so nicht vergessen!"

2000

Warum vergeht die Zeit mit dem Älterwerden immer schneller? Drängt der Mensch zum Ende oder nimmt er nicht mehr alles wahr. Aber was war das, was früher die Zeit ausfüllte, sie länger erscheinen ließ? Lisa dachte, dass sie erst jetzt allmählich lernte, wirklich wahrzunehmen, und dennoch verflog die Zeit so schnell.

Wäre ein Leben ohne Zeit intensiver, langsamer, irgendwie ergiebiger? Richtete sich denn nicht alles auf der Welt nach Zeitabläufen, die Tiere, die Pflanzen und die Menschen? War nicht die ganze Evolution auf Zeit ausgerichtet? Oder hatte man die Zeit nur dazu erfunden, um eine Entwicklung ausmachen zu können. Sie beobachten, messen und beurteilen zu können. Voraussagen für die Zukunft zu machen und Reisen in die Vergangenheit.

Verliert man mit dem Älterwerden den Blick auf das dazwischen? Vielleicht, weil sich immer mehr Vergangenheit anhäuft, unverarbeitete Erlebnisse, die aufgearbeitet werden müssen, damit man weiterkommt. Und andererseits die Zukunft immer mehr Aufmerksamkeit erhält, weil sie immer weniger wird?

War Lisa deswegen eine Unwissende, weil sie die Dinge nicht sein lassen oder annehmen konnte. Weil sie immer verändern wollte und dazu Zeit brauchte. Viel zu viel Zeit! Von Gewissensbissen geplagt, von unerledigten Dingen gejagt und von Ungeduld gepeinigt durchs Leben rannte? Verändern wollte, statt anzunehmen, und jeden Tag mit der Angst erwachte, daran wieder zu scheitern. War es das?

Was macht das Leben eines Menschen aus, was kann er erkennen, welche Wahrheit kann er wahrnehmen und wieviel davon ist die Wirklichkeit? Was gestern noch die große Wahrheit war, ist heute vielleicht die große Lüge. Gäbe es keine Zeitmessung, wäre diese Wahrheit dann Wahrheit und Lüge zugleich gewesen? Ist nicht alles ein bisschen wahr und falsch zugleich, je nachdem aus welchem Blickwinkel man es betrachtet? Oder haben Wahrheit und Wirklichkeit gar nichts miteinander zu tun. Weil jeder Mensch seine eigene, individuelle Wahrheit hat, es aber nur eine Wirklichkeit gibt? Und ist die Lebenszeit ein Instrument, der Wirklichkeit Stück für Stück näherzukommen? Ist das darauf hin Wirken, die Wirklichkeit zu erkennen, etwa der Sinn des Lebens?

In Lisas Kopf liefen die Bilder ihres Lebens ab, dazwischen immer wieder große schwarze Löcher, wo sie nichts sehen und fühlen konnte. Unerklärliche, unsichtbare Schatten, die hinter der Wahrnehmung lagen und an die sie nicht herankam, die sie aber dennoch auf Schritt und Tritt verfolgten. Diese Löcher ließen ihr in zunehmendem Maße keine Ruhe. Manchmal, im Traum, kam sie ihnen ein wenig näher als sonst, erwachte dann aber immer gleich. Vielleicht war die Zeit noch nicht reif dafür? Oder hatte sie noch nicht genügend Zeit gehabt, um zu reifen?

Sie sah auf den Schreibtisch und las in ihrem Kalender den Spruch zum Tag: Wir haben alle gleich viel Zeit. Nämlich 24 Stunden pro Tag!

Aber was ist mit den Menschen, die nicht einmal einen Tag Zeit hatten, weil sie schon einige Stunden nach ihrer Geburt sterben mussten, dachte Lisa?

Wie viel Lebenszeit sie noch hatte, konnte sie nicht erahnen. Sie hoffte, sie würde es mitbekommen, wenn es soweit wäre. Aber vielmehr hoffte sie, dass die wenigen Menschen, die sie in ihrem Leben liebgewonnen hatte, noch viel Zeit hatten, weil sie glaubte, einen Verlust nicht ertragen zu können.

Sie dachte an ihren Traum. Wen wollte sie erreichen und wer war noch eine Weile da?

2001

Die Zeit verging. Mit jedem Zentimeter, den Sara wuchs, mit jeder Kleinigkeit, die sie dazulernte, verging auch Lisas Zeit.

Klaus war in den letzten Wochen immer missmutiger geworden. Lisa hatte diese Stimmung zunächst nicht auf sich bezogen, doch mittlerweile ahnte sie, dass es mit ihr zusammenhing. Dennoch sprach sie ihn nicht darauf an.

Sie saßen in der Küche und tranken Wein. Sie redeten eine Weile über Belangloses, bis ihnen die Worte ausgingen und es still wurde, vielleicht auch, weil sie den Unsinn dieser Unterhaltung bemerkten. Lisa zündete sich eine Zigarette an und stieß kleine Rauchkringel in die Luft. Klaus sah sie, fast ein wenig vorwurfsvoll, an.

„Was ist eigentlich los mit dir?", fragte Lisa vorsichtig.

Klaus ließ sich Zeit mit dem Antworten. „Ich weiß nicht, Lisa. Ich weiß nicht wie es weitergehen soll."

„Was?"

„Naja, unsere Beziehung und unser Leben! Wir arbeiten und arbeiten, aber für wen, für was? Ich meine, irgendwie fehlen mir die Inhalte!"

„Bitte ‚Klaus, sag was du meinst!"

„Ich hätte gern ein Kind mit dir, Lisa!"

Ja, irgendwann musste es ja kommen! Sie hatte es immer wieder erfolgreich verdrängt. Aber ungelöste Dinge fielen eben früher oder später wieder auf einen zurück.

Ihre Sterilisation hatte sie damals machen lassen, als Klaus zwei Wochen auf Fortbildung war. Sie hatte es nicht mit ihm besprochen, sie meinte, es wäre ganz allein ihre persönliche Entscheidung. Mittlerweile dachte sie anders darüber. Aber sie hatte ihm auch später nichts davon gesagt, sie konnte es einfach nicht.

Sie atmete tief durch und versuchte, ruhig zu bleiben: „Aber du weißt doch, dass ich keine Kinder möchte, ich habe es dir doch immer gesagt!"

„Ich hoffte, du würdest deine Meinung irgendwann einmal ändern!" Klaus sah sie fragend an.

„Klaus, ich bin nicht dazu geeignet, eine Familie zu gründen. Ich wäre bestimmt keine gute Mutter. Ich kann das nicht, und außerdem bin ich jetzt viel zu alt!"

„Wieso eigentlich nicht? Sara liebt dich doch auch, und du gehst wunderbar mit ihr um und du bist noch keine 40!"

„Mit Sara ist das was anderes, es funktioniert nur, weil sie eben nicht mein Kind ist. Außerdem ist sie das bisher einzige Kind, mit dem ich was anfangen kann!"

„Ich glaube, du machst dir da was vor. Wovor hast du eigentlich Angst? Deine beste Freundin ist Mutter und, wie es scheint, doch sehr zufrieden damit, oder? Nur weil man ein Kind hat, hört doch nicht gleich das ganze Leben auf. Man wird doch deswegen nicht gleich eine biedere und langweilige Durchschnittsfamilie! Rainer und Marion haben doch auch nicht gleich ihr ganzes Leben umgekrempelt. Du hast selbst gesagt, dass du es toll findest, wie die beiden sich entwickelt haben!"

„Klaus, bitte, was hat das mit mir zu tun. Marion ist Marion, sie geht ihren Weg und ich muss meinen gehen. Es geht nicht um die Angst, bieder zu werden, es ist … ich weiß nicht, wie ich dir das erklären soll. Mein Gott, ich weiß eben tief in mir, dass es nicht richtig wäre!"

Mit leeren Blicken starrten sie auf ihre Gläser. Eine erdrückende Stille breitete sich aus.

„Nimmst du eigentlich noch die Pille?", fragte Klaus nach einiger Zeit kleinlaut.

„Was meinst du damit?"

„Naja, die Packung liegt nicht mehr da, wo sie gewöhnlich liegt und ich …"

„Die letzte, die ich hatte, ist irgendwie verschwunden, aber ich brauch sie eh nicht mehr …"

„Warum, was soll das heißen?"

„Ich kann, selbst wenn ich wollte, keine Kinder mehr bekommen!"

Klaus sah sie erstarrt und mit großen Augen an.

„Ich habe mich sterilisieren lassen!"

„Du hast *was?*"

„Ich weiß, es war falsch, dass ich es nicht mit dir besprochen habe, aber ich dachte, es wäre eine ganz klare Sache zwischen uns. Du selbst hast immer zu mir gesagt, dass du keine Kinder in die Welt setzen musst, um glücklich zu sein!"

Klaus lief nervös in der Küche hin und her. „Ich dachte, wir können über alles reden und du machst so etwas Entscheidendes einfach heimlich hinter meinem Rücken? Was hast du denn noch so alles gemacht, wovon ich nichts weiß?"

Seine Stimme hatte einen vorwurfsvollen Ton und Lisa verfiel ungewollt in eine Verteidigungsrolle. Sie hielt ihm einen Vortrag über die freie, persönliche Entscheidung der Frau in Sachen „Familienplanung" etc. Dabei wurde sie immer lauter und verfing sich in Argumenten, die nicht die ihren waren, und konterte mit Sätzen, die sie nicht sagen wollte. Doch währenddessen ahnte sie plötzlich, was mit ihrer letzten Packung Anti-Baby-Pillen passiert sein könnte.

Und sie beendete ihren Vortrag mit einer scharfen Frage: „Hast du damals meine Pillen weggenommen?"

Klaus war am Ende. Zerknirscht antwortete er leise: „Ja, ich hoffte …"

„Was hofftest du?", fragte Lisa aggressiv.

„Ich hoffte, du würdest sie dann vielleicht einmal vergessen …"

„Das darf doch wohl alles nicht wahr sein, wie nennt man denn, bitte, so etwas? Was, verdammt, hast du dir denn dabei gedacht?"

„Ja! Es war scheiße, okay? Wir haben uns beide hintergangen, Lisa, wir sind quitt!"

Lisa konnte nicht glauben, was sie da gerade gehört hatte. In gewisser Weise stand sie unter Schock. Dennoch spürte sie ganz tief, dass dieser Abend ihre Beziehung entscheidend und unwiderruflich beeinflusst hatte – in welcher Weise, darüber konnte und wollte sie jetzt nicht nachdenken.

Ja, in gewisser Weise bewunderte, beneidete sie fast Marion und Rainer. Sie glaubte an ihre Liebe, auch oder gerade, weil sie häufig stritten. Meistens konstruktiv, so dass sie sich daraufhin weiterentwickelten und irgendwie immer näherkamen. Und je mehr sie darüber nachdachte, umso mehr musste sie sich eingestehen, dass Klaus für sie vielleicht doch nur zweite Wahl war. Obwohl sie ihn liebte. Sie war gerne mit ihm zusammen und doch, wenn Stefan nicht schwul wäre …

Sie konnte den Gedanken nicht wirklich zulassen und sie wollte ihn nicht zu Ende denken. Sie wollte den Schmerz vermeiden und litt dennoch unter der Oberfläche, an irgendeiner tief verborgenen Stelle in ihr. Und so blieb diese Sehnsucht, diese unerklärliche Sehnsucht immer da und beeinflusste ihr Leben, mehr als es ihr recht war und intensiver als sie es wahrnehmen konnte.

Stefan dagegen, so glaubte sie, hatte überhaupt kein Problem mehr damit. Ganz im Gegenteil, sie merkte, wie er sich immer weiter von ihr entfernte, gerade so, als wolle er ganz bewusst nichts mehr von ihr wissen.

Bei der Arbeit war er unkonzentriert, machte Fehler und war oft mürrisch, auch Lisa gegenüber. Er regte sich plötzlich über Kleinigkeiten auf, beschwerte sich über die Qualität der Filme, über das doofe Publikum und vieles mehr. Man konnte ihm nicht mehr sehr viel recht machen.

Lisa bezog diese Launen auf sich und sie ertappte sich bisweilen dabei, wie sie bestimmte Dinge ganz anders anging, als es sonst ihre Art war, in der Hoffnung, es ihm somit recht zu machen. Sie merkte auch, wie sie seine Meinungen übernahm, bevor sie sich ein eigenes Bild von der Situation gemacht hatte. Und ihr fiel auf, wie sie ihn oftmals auch noch in Schutz nahm, obwohl sie sich über sein Verhalten ärgerte. Sie begann einen verzweifelten Kampf, ihn bei Laune zu halten, den sie früher oder später einfach verlieren musste! Und sie verlor ihn, langsam zwar, aber Stück für Stück.

Wenn Klaus gelegentlich bemerkte, dass Lisa bei

Stefan ganz andere Maßstäbe ansetzte, als bei allen anderen Menschen, musste er dafür Lisas Aggressionen aushalten und bekam das ab, was sie bei Stefan nicht loswerden konnte. Sie fühlte sich zerrissen, alleine gelassen und war dann auf Stefan und Klaus sauer. Doch wie immer, machte sie ihre wirklichen Probleme nur mit sich selbst aus, verkroch sich in irgendein Eck, schmollte und versank in ihrem Selbstmitleid. Sie redete darüber mit keinem Menschen, nicht einmal mit Marion. So hatte sie es gelernt und so machte sie es seit bald 40 Jahren!

Natürlich hatte sie mittlerweile, nach endlosen, harten Kämpfen, nach unzähligen Vorwürfen, langen, bitteren aber nie abgeschickten Briefen und vielen Streitereien mit ihren Eltern erkannt, dass dieser Weg auch nicht weiterhalf. Sie hatte daraufhin versucht, ihnen zu vergeben. Sie hatte sie aus der Verantwortung genommen und musste erfahren, wie schwer ihr das fiel. Sara hatte ihr dabei viel geholfen. An ihr wurde Lisa immer wieder bewusst, wieviel Menschsein man einfach so mit auf die Welt bringt, unabhängig von Erziehung und äußeren Umständen. Und wie sehr Teile dieses Mitgebrachten dazu führen können, dass sich Eltern und Kinder nicht verstehen und bestimmte Verhaltensweisen einfach nicht nachvollziehen können.

Sara sah die Welt mit anderen Augen. Und dazu

brauchte sie Zeit. Viel Zeit und viel Aufmerksamkeit. Für ihre Fragen und Gedanken. Marion verzweifelte oft an ihren bohrenden Fragen und ständigen Ängsten. Und Lisa wusste, sie würde es ebenfalls tun, wenn sie Saras Mutter wäre. Doch als Außenstehende fand sie Zugang zu Saras Wahrnehmung und wurde deswegen, insgeheim, zu ihrer Verbündeten.

Deswegen wollte Lisa auch ihre Mutter nicht länger für die Wunden, die sie ihr zugefügt hatte, verantwortlich machen, zumindest wollte sie ihr dies nicht länger vorwerfen. Sie hatte Lisa einfach nicht verstehen können. Es fühlte sich an, wie wenn sie sich in unterschiedlichen Sprachen verständigen wollten. Keine konnte die „Sprache" der anderen verstehen und dafür konnte ja auch ihre Mutter nichts!

Aber den Eltern zu vergeben, was sie einem als Kind nicht geben konnten, war ein langwieriger Prozess, und immer, wenn Lisa dachte, es sei endlich geschafft, fiel sie weit zurück.

2002

Seit Marion wieder arbeitete, wurde es für sie und Lisa immer schwieriger, sich regelmäßig zu treffen. Nun waren sie beide im Terminstress, und oft vergingen mehrere Wochen, bis sie einen Tag fanden, an dem sie sich beide Zeit nehmen konnten.

Während Marion seit Monaten voller Motivation und Enthusiasmus mit dem Aufbau ihrer Projekte beschäftigt war, bemerkte Lisa bei sich selbst, wie ihre eigene Motivation immer mehr nachließ. Oft fühlte sie sich vollkommen ausgepowert, hatte keine Lust mehr auf immer neue Ideen, und ihr ging allmählich die Kraft und Lust aus, sich bei immer stärker werdender Konkurrenz durch die großen Kinocenter auf dem Markt zu behaupten. So sehr sie auch an ihrem *Gloria* hing, so verspürte sie doch manchmal große Lust, einfach alles hinzuschmeißen. Doch noch verband sie mit dem *Gloria* viel zu viel, als dass sie einfach hätte aufhören können.

Lisa hatte Marion seit gut zwei Wochen nicht mehr gesehen. Zuerst hatte Lisa keine Zeit, und dann war Marion auf Geschäftsreise gewesen. Ihr Anruf verhieß etwas sehr Wichtiges, darum konnte Lisa Marions

Bitte, gleich bei ihr vorbeikommen zu dürfen, nicht abschlagen …

Ihre beste und einzige Freundin Marion hatte also eine Affäre, oder stand zumindest kurz davor, und sie, Lisa, hatte ihr auch noch dazu geraten, ihre „Gefühle auszuleben"! Affäre – dachte Lisa, ein Wort mit Beigeschmack. Sie spürte plötzlich Mitleid mit Rainer und fast so etwas wie Neid auf Marion, und sie dachte an all die vielen Affären der Menschen des sogenannten „öffentlichen Lebens". So manch einen kostete so eine Affäre, ob sie nun wahr war oder nicht, seine Karriere und dennoch, schien es für viele scheinbar selbstverständlich zu sein, fremdzugehen. Ja, vielleicht so etwas wie eine Quelle von Motivation und Lebensenergie zu sein. Auf alle Fälle musste es etwas Elementares, ein ganz tiefes Bedürfnis im Menschen ansprechen, wenn er bereit war, dafür so vieles zu opfern. Was würde wohl Marion dafür opfern müssen?

Lisa holte ihr schlechtes Gewissen ein.

„Versprich mir, dass Marion das nie erfährt! Es wäre unerträglich für uns alle. Es hätte einfach nie passieren dürfen!"

Das waren damals ihre letzten Worte zu Rainer, und mit diesem Geheimnis mussten sie beide bis heute irgendwie leben. Sie hatten nie mehr darüber gesprochen. Lisa hatte es bis ins hinterste Hinterstübchen ihres Unterbewusstseins verdrängt, aber jetzt im

Moment erlebte sie alles noch einmal, als wäre es gestern gewesen.

Es passierte kurz nachdem Marion ihr Rainer vorgestellt hatte und es hatte mit dem besagten Händedruck angefangen. Wie im Rausch überkam es sie beide, als sie sich einige Wochen später zufällig wiedertrafen. Aber was war schon ein Zufall anderes, als dass einem eben etwas zufällt, quasi entgegenkommt und sich einem in den Weg stellt. Lisa hätte dran vorbeigehen und sich ihre Gefühle verbieten können, ja, vielleicht. Das wollte sie aber nicht und damit konnte sie es auch nicht. Sie ließ sich auf das, was da so penetrant im Weg stand, einfach ein. Und so kam es, wie es kommen musste und sie fielen übereinander her.

Die Zeit danach war schrecklich, Lisa konnte Marion kaum in die Augen schauen. Die Zeit heilt alle Wunden, sagt man. Wenn man gut verdrängen kann, ist das vielleicht sogar richtig. Und Lisa war sehr begabt im Verdrängen, es gelang ihr sogar, es zeitweise völlig zu vergessen.

Doch nun wurde ihr schlagartig klar, welches Opfer sie dafür gebracht hatte. Letztendlich wurde ihr damals einfach alles zu viel und sie brach mit ihrer besten Freundin, um Marions Glück nicht weiter im Wege zu stehen.

Lisa schüttelte sich, sie wollte diese Gedanken wieder loswerden. Sie streckte sich ein paar Mal, atmete tief durch und machte sich dann wieder an ihre Arbeit. Was war, kann ich nicht mehr ändern, dachte sie. Wie haben uns wiedergefunden, das ist letztlich, was zählt!

Lisa saß in dem kleinen Büro im *Gloria* und ging die Steuerunterlagen durch, als Stefan hereinkam und, typisch für ihn, halb in der Türe stehen blieb. Sie sahen sich an, schenkten sich ein kurzes, nicht gerade überzeugendes Lächeln und starrten dann beide mit fahlem Blick ins Leere.

Lisa drehte nervös den Kugelschreiber in ihrer Hand, bis sie mit unsicherer Stimme meinte: „Was gibt's?"

Nach einigen unerträglichen Sekunden sagte Stefan endlich: „Ich würde gerne mal in Ruhe mit dir reden, Lisa!"

Sie trafen sich in einem Café, indem sie sich sonst nie aufhielten. Lisa sah sich um und stellte mit Genugtuung fest, dass sie hier niemanden kannte. Sie hatte sich auf das Schlimmste vorbereitet und wollte in diesem Zustand von keinem ihrer Bekannten gesehen werden. Sie steuerte auf einen Tisch in einer Nische zu, weit weg von den anderen. Sie spürte ständig den Blick von Stefan im Rücken, aber sie sah ihn nicht an.

Eine freundliche junge Frau nahm ihre Bestellung auf und Lisa wünschte sich so sehr, jetzt mit dieser Frau tauschen zu können. Sie konnte einfach wieder gehen, aber Lisa musste sitzen bleiben und auf das Unerträgliche warten. Am liebsten wäre sie jetzt aus dem Fenster gesprungen. Stattdessen hatte sie sich gerade eben etwas zu essen bestellt. Allein der Gedanke an Essen würgte sie. Es war wohl die Macht der Gewohnheit gewesen.

Stefan versuchte, sie anzulächeln – es war nicht überzeugend. Er rutschte nervös auf seinem Platz hin und her und zündete sich eine Zigarette an. Er inhalierte tief und begann mit: „Mensch, Lischen, schau mich nicht so böse an, das macht mir den Anfang noch schwerer!"

„Soll ich's dir etwa leicht machen?", fragte Lisa schnippisch, ohne ernsthaft auf eine Antwort zu warten.

Die Bedienung brachte die Getränke und sorgte so für eine wohltuende Pause.

Stefan räusperte sich: „Bernd ist wieder da."

„Schön für dich", meinte Lisa. „Aber das wolltest du mir doch bestimmt nicht sagen, oder?"

„Er geht wieder zurück nach London. Er hat jetzt eine feste und aussichtsreiche Stelle angeboten bekommen. Außerdem ist er ganz begeistert von den Möglichkeiten in London", erzählte Stefan, während er raus auf die Straße schaute.

Lisa saß still da und versuchte, sich darauf zu konzentrieren, das Atmen nicht zu vergessen.

„Ich … ich will mit ihm nach London gehen, Lisa!" Er sah sie mit seinem mitleidsvollen Blick an und Lisa musste unwillkürlich an ihre gemeinsame Zeit denken, die ab heute Vergangenheit war.

Sie erinnerte sich, wie sie damals auf der Parkbank saßen und daran, wie verliebt sie war. Wie sie durch die Straßen schlenderten und mitten in der Nacht betrunken nach Hause torkelten. Sie erinnerte sich auch, wie sie, als Lisa noch nichts von seiner Homosexualität wusste, gemeinsam eine Nacht durchmachten. Sie redeten und redeten und plötzlich wurde es draußen schon hell. Sie waren hungrig, zogen sich die Jacken über und gingen durch die noch leeren Gassen. Die Marktstände wurden gerade aufgestellt. Noch nie war Lisa so früh auf dem Wochenmarkt gewesen. Sie waren die einzigen und Lisa flirtete mit einem der Marktverkäufer. Vielleicht auch, um ihn abzulenken, kaufte Stefan ihm einen frischen Blumenstrauß ab und schenkte ihn Lisa. An diesem Morgen war Lisa so glücklich wie noch nie an einem Morgen. Sie zogen über den Markt und alberten mit allen Marktverkäufern herum. Sie aßen die ersten Bratwürste des heranbrechenden Tages und tranken Dosenbier dazu. Lisa fühlte sich schwerelos und sie war so verliebt. Der Blumenstrauß bzw. seine dürren Reste, hingen noch immer, sorgfältig getrocknet, bei ihr im Schrank. Nie würde sie diesen Morgen vergessen!

Lisa dachte auch an die Zeit, als sie noch zusammenwohnten. Die vielen schönen Abende, wenn sie gemeinsam bei einer Flasche Wein über den Sinn des Lebens debattierten. Ein Leben ohne Stefan war für sie unvorstellbar gewesen. Und jetzt? Vieles hatte sich geändert, aber ohne ihn – wie sollte das werden. Er war nach wie vor ihr Halt im Leben gewesen. Mit den wirklichen Problemen war sie immer zuerst zu Stefan gekommen.

Sie fühlte sich wie damals als Kind. Allein und verlassen, dem Tod näher als dem Leben. Ihr blieb die Luft weg. Sie sah Stefan an und konnte die Tränen nicht mehr zurückhalten. Fluchtartig stand sie auf und ging auf die Toilette. Sie sah ihr verheultes Gesicht im Spiegel. Die Angst hatte sich jetzt überall in ihr breitgemacht. Zitternd sperrte sie sich in einer Kabine ein und wartete, bis es vorbei war.

Stefan saß zusammengesunken am Tisch, als Lisa zurückkam.

„Warum?", sie sah Stefan dabei fragend an.

„Ich gehöre zu ihm, Lisa, und du gehörst zu Klaus. Wir können nicht ewig so weitermachen, es macht mich kaputt, es macht unsere Beziehung kaputt. Wir können nicht zusammenkommen, das weißt du. Es ist an der Zeit, dass wir beide erwachsen werden und der Realität ins Auge sehen!"

„Der Realität?"

„Ja, ich meine damit die Realität, dass wir beide kein Liebespaar werden können und dennoch mehr oder weniger so tun als ob. Ich weiß schon gar nicht mehr, wer ich bin. Dein Vater, dein großer Bruder, dein Liebhaber oder dein Freund. Ich kann nur Letzteres sein, Lisa, aber dazu muss ich frei sein, mich zumindest frei fühlen!"

„Wie willst du mein Freund sein, wenn du weggehst?"

„Das ist es ja, was ich meine. Das, was zwischen uns ist, ist zu stark. Es tut unser beider Entwicklung nicht gut. Ich kann das nicht mehr tragen. Ich muss wieder frei werden, um dich nicht zu verlieren. Glaub mir, es fällt mir nicht leicht. Ich hab dich wirklich sehr gern. Aber bevor wir ganz miteinander brechen müssen, geh ich lieber jetzt. Damit wir beide unseren Weg gehen können!"

Lisa schob ihren Salat zur Seite und zündete sich eine Zigarette an. „Und unser *Gloria*?"

„Unser *Gloria* wird dein *Gloria*. Du schaffst das schon!"

„Du hast also alles schon durchdacht und geplant? Und wann hast du vor, zu gehen?"

„Unser Flug geht am 20."

„Aber, aber … das ist ja schon in knapp drei Wochen!"

Stefan nickte still.

„Lisa …" Stefan unternahm einen Versuch, sie in die Arme zu nehmen. Aber Lisa wies ihn zurück. Die Tränen schossen ihr erneut heraus. Sie griff panisch nach ihrer Jacke und rannte aus dem Café.

Stefan blieb allein zurück und seufzte tief. Er wusste, es gab kein Zurück mehr. Er fühlte sich schlecht und wusste zugleich, dass es ihre einzige Chance war, auch seine einzige Chance, um endlich sein Leben zu leben.

Die kommenden drei Wochen wurden für Lisa zur Höllenqual. Klaus verstand die Welt nicht mehr. Vor allem verstand er Lisa nicht mehr. Aber keiner, außer Lisa und Stefan, wusste eben, was sie jetzt durchmachte. Keiner hatte je geahnt, welch tiefe Verbundenheit zwischen ihnen war. Eine Verbundenheit, die auch schmerzte und sie in ihrer Entwicklung behinderte und eine Verbundenheit, die immer häufiger auch als schwere Last auf ihren Schultern lag.

Lisa verlor all ihre Kraft und Zuversicht und fiel in ein tiefes schwarzes Loch. Sie konnte nicht mehr schlafen und wenn sie doch eingeschlafen war, nicht mehr aufstehen. Sie wollte nichts und niemanden mehr sehen. An der Türe des *Gloria* konnte man lesen:

Wegen Krankheit vorübergehend geschlossen!

Eine Mischung aus Hass, Wut und Selbstmitleid baute sich in ihr auf. Doch das Schlimmste war, sie wusste, dass Stefan recht hatte! Der Sturm hatte angefangen.

Aus der Wut und dem Selbstmitleid entwickelte Lisa eine Trotzhaltung, die sie veranlasste, das *Gloria* auf alle Fälle weiterzuführen. Noch vor wenigen Tagen neigte sie dazu, alles hinzuschmeißen. Und bereits vor einigen Wochen hatte sie solche Gedanken gehabt. Aber jetzt, wo Stefan tatsächlich ging, konnte sie sich nicht vom *Gloria* trennen. Es würde alles sein, was ihr von ihm blieb.

Zwei Tage vor ihrer Abreise gaben Stefan und Bernd ihr Abschiedsfest. Für Lisa war es fast so, als müsste sie zu seiner Beerdigung gehen. Sie schenkte ihm ein Buch über London und schrieb ihm in die ersten Seiten:

> *Manchmal muss man Abstand finden,*
> *um heraus zu bekommen,*
> *was man will.*
> *Manchmal möchte man wissen,*
> *wieso man Abstand nehmen will.*
> *Manchmal sucht man zu lang,*
> *nach einem Grund zu gehen.*

Manchmal findet man das,
wonach man sucht,
erst dann, wenn man wiederkommt.
Manchmal verlässt einen der Mut
sich geh'n zu lassen.
Manchmal lässt man sich mutig darauf ein,
sich selbst zu verlassen.
Manchmal ist die Einsamkeit
der Preis für die Freiheit.
Manchmal ist man nicht allein,
weil man frei ist.
Manchmal meint man,
sich erklären zu müssen.
Manchmal klärt sich,
was man meint,
wenn man nicht mehr meint zu müssen.
Manchmal kommt man zurück
als ein anderer.
Manchmal verändert sich alles,
was geblieben ist.
Manchmal geht man,
ohne etwas zu vermissen.
Manchmal wird man bereits vermisst,
bevor man gegangen ist.

Ja, ich vermisse dich bereits jetzt,
pass gut auf dich auf!
Deine Lisa

Drei Monate waren vergangen, seit Stefan nach London gezogen war. Für Lisa gab es nun eine neue Zeitrechnung. Dinge waren entweder Jahre, Monate, Wochen, Tage bevor Stefan nach London ging passiert oder Monate, Wochen oder Tage, nachdem er gegangen war.

Sie gingen mit Sara im Park spazieren. Klaus und Lisa Hand in Hand, seit langem einmal wieder. Sara lief voraus und sammelte die schönsten Herbstblätter. Klaus begann langsam, fast zögerlich, zu reden. Fragen über Fragen, Vorwürfe, Verständnislosigkeit. Lisa kannte die Leier – es begann zwei Wochen, nachdem Stefan weg war – sie verlor ihre Orientierung, wurde schwach und verletzlich, kurz: Sie war schwierig! Und Klaus stellte Fragen! Lisa starrte ins Nichts und dachte: nicht schon wieder … während sie die letzten Worte von Klaus hörte: „… wird unsere Beziehung jetzt nicht mehr stören."

„Was, was wird unsere Beziehung nicht mehr stören?", fragte Lisa aufgeschreckt.

„Sag mal, hörst du mir überhaupt zu? Ich meine Stefan, er stand doch immer irgendwie zwischen uns!"

Lisa sah Klaus von der Seite an, befreite sich aus seiner Hand und spürte, wie sie wütend wurde, gleichzeitig wusste sie aber auch, dass er recht hatte. Sie sagte: „Mhm, vielleicht!" und rannte vor zu Sara, die gerade flache Steine im Fluss flitschen ließ.

Klaus sah ihr verständnislos nach. Er beobachtete die beiden am Flussufer – sie waren ein Herz und eine Seele – fand Klaus, und er spürte zum wiederholten Male, wie gerne er ein Kind mit Lisa hätte.

2003

Lisa war nun wohl in der statistischen Mitte ihres Lebens angekommen. Sang- und klanglos war sie 40 Jahre alt geworden, und nun stand schon der 41. Geburtstag vor ihr. Keine Party, dafür eine Woche Marokko mit Klaus. Abstand gewinnen, Ruhe haben, neue Eindrücke sammeln und sich füreinander Zeit nehmen, das wollten sie. Klaus überraschte sie mit einer ganz besonderen Unterkunft, und so feierten sie zu zweit in einem alten, wundervollen Riad Lisas 41. Geburtstag. Der Riad befand sich mitten im Gassengewirr von Marrakesch, ganz in der Nähe vom Platz der Geköpften. Als sie abends über den Platz schlenderten, vorbei an den Schlangenbeschwörern und Wasserverkäufern, entdeckten sie einen der Sufi-Tänzer. Er drehte sich meditativ um sich selbst, abgekehrt von der Welt, nur mit sich selbst beschäftigt, in einem schwindelerregenden Tempo. Fasziniert schauten sie ihm zu und Lisa dachte, der ist bestimmt dem Himmel schon ganz nahe. Sie erinnerte sich an ihren Tanz des Aufbruchs, damals, in einer schäbigen Landdisco, die es schon lange nicht mehr gab. Aber das Gefühl, dass ich damals hatte, existiert noch und ist stärker denn je! Es war eine wirklich schöne Reise und sie waren glücklich, wie schon lange nicht mehr.

Als sie zurückkamen, hatte Lisa zwei Nachrichten auf dem AB. Eine von Stefan, die sie ungehört gleich löschte, und eine von Marion, Rainer und Sara, die ihr ein Geburtstagsständchen sangen. Die glückliche Familie, dachte Lisa wehmütig.

„Hallo, Sara-Schatz, hier ist Lisa. Danke für euren Geburtstagsgruß! Wie geht es dir denn?"

„Hallo Tante Lisa, mir geht's gut. Nimmst du mich auch mal mit nach Afrika? Bitte!"

„Naja, ein bisschen älter solltest du schon sein, und dann reden wir nochmal drüber, okay?"

„Gehst du dann mal wieder mit mir in den Zoo?"

„Mhm, weißt du nicht mehr, was uns beim letzten Mal aufgefallen ist, und dass wir beschlossen haben, das nicht mehr zu unterstützen?"

„Ich weiß, aber …"

„Hey, ich hab 'ne bessere Idee, wir fahren ins Tierheim und gehen mit einem der armen Hunde Gassi, was meinst du?"

„Au ja, wann?"

Sara war ebenso vernarrt in Tiere wie Lisa. Auch so eine Gemeinsamkeit. Sie hatte vor keinem Tier Angst und nahm auch Kröten und Molche in die Hand, sogar Spinnen, wenn sie sie zu fassen bekam. Lisa war als Kind ganz genauso gewesen. Sie schleppte alle möglichen Kleintiere nach Hause und brachte ihre Mutter damit oft an den Rand der Verzweiflung. Lisa hatte den Eindruck, dass sie Tiere schon immer besser verstehen konnte als Menschen. Und bei Sara, vermutete sie, war es ähnlich.

Beim letzten Mal als Lisa, auf Bitte von Sara, mit ihr im Zoo war, musste sich Lisa geradezu überwinden, die wunderbaren Raubkatzen in ihren viel zu kleinen Gehegen anzuschauen. Einer der Tiger lief traurig an seinem Gitter hin und her. Diese Schönheit und Eleganz, dachte Lisa, eingezwängt in Käfigen, verdammt dazu, angegafft zu werden. Wie ticken wir Menschen eigentlich?

Sara fragte: „Warum schaut der Tiger so traurig?"

„Ich glaube, er ist traurig, weil er lieber frei im Wald umherlaufen würde", antwortete Lisa ehrlich.

„Warum lassen sie ihn dann nicht frei?"

„Tja, in erster Linie geht's wohl darum, dass die Menschen ihn hier anschauen können, weil es bei uns keine Tiger gibt."

„Dann will ich ihn mir nicht mehr anschauen, vielleicht lassen sie ihn dann frei!"

Was Lisa so wunderbar an Sara fand war, dass sie so aufmerksam und sensibel in die Welt blickte. Sie nahm die Dinge um sie herum irgendwie schärfer und reflektierter wahr. Lisa konnte mit ihr besser reden als mit manchem Erwachsenen. Und dabei war sie erst 11 Jahre alt!

„Ist deine Mama auch da?"

„Die Mama ist wie immer beim Arbeiten, und der

Papa sitzt im Büro, soll ich ihn holen?"

„Nein, nein, brauchst ihn nicht zu stören. Sag den beiden liebe Grüße von mir und danke für den Geburtstagsgruß, okay?"

„Mach ich, und wann gehen wir ins Tierheim?"

„Ich melde mich, mach's gut!"

Sie hatte es noch nicht überwunden. Marion und Rainer zusammen ging schon ganz gut. Aber Lisa und Rainer alleine, und wenn es nur am Telefon war, war momentan eine echte Herausforderung für Lisa, die sie so gut es ging vermied.

2006

Lisa saß im Büro und versuchte, Ordnung in den ganzen Papierkram zu bringen. Sie war mies gelaunt und dafür gab es keinerlei offensichtlichen Grund. Als sie sich den nächsten Ordner vornehmen wollte, rutschte er ihr geöffnet aus den Händen und die einzelnen Blätter fielen heraus, Dutzende von Rechnungen und Quittungen lagen verstreut und nun wieder unsortiert auf dem Boden.

„Verdammte Scheiße!", hörte sie sich brüllen. Sie sprang auf und knallte dabei im Affekt den Bürostuhl gegen den Schrank mit den Glastüren. Es klirrte kräftig und die Glastüren verteilten sich als Scherbenhaufen über die Unterlagen.

Sie erschrak so sehr über das, was sie angerichtet hatte, dass sie keinen weiteren Laut mehr herausbekam. Ich kann nicht mehr, ich will nicht mehr, es muss ein Ende haben. Sie rannte hinaus, es war ein strahlend schöner Tag, und zündete sich eine Zigarette an. Was mach ich hier eigentlich, die Sonne scheint und ich sitze hier im Büro und sortiere Unterlagen, damit das immer Gleiche auch sofort weitergehen kann, die gleichen Abläufe, die gleichen Gesichter, die gleichen Aufgaben, die ewig gleichen Probleme … jeden Tag aufs Neue!

Sie fühlte sich plötzlich so allein und verlassen wie lange nicht mehr.

Trotzig hatte sie all die Jahre versucht, das *Gloria* samt Kneipe voranzubringen. Was auch weitestgehend funktioniert hatte. Aber wofür eigentlich, fragte sie sich jetzt. Soll ich bis an mein Lebensende dieses Scheißkino betreiben nur um … ja was eigentlich, um sich was zu beweisen oder um Stefan zu beweisen, dass sie auch ohne ihn etwas zustande bringt?

Seit Stefan weg war, versiegte Lisas Motivation Tag für Tag ein bisschen mehr. Wie ein See, der langsam austrocknet, erst nimmt man es kaum wahr, und wenn dann kein Tropfen Wasser mehr da ist, ist man schockiert, dass es doch so schnell ging. Lisa fühlte sich wie ausgetrocknet, da war nichts Lebendiges mehr, nichts mehr, was mit ihr zu tun hatte. Nichts Eigenes, alles nur für ihn, dachte sie.

Stefan hatte anfangs immer wieder versucht, mit Lisa Kontakt aufzunehmen. Aber zuerst konnte sie nicht, dann wollte sie nicht und letztendlich hatte Stefan dann aufgegeben. Über mehrere Ecken hatte sie gehört, dass er in London seiner Leidenschaft, der Fotografie, nachging und mittlerweile schon einige Aufträge an Land ziehen konnte. Jahrelang hatte er hier versucht, damit Geld zu verdienen, aber ohne Nebenjobs und dann später das *Gloria* hatte es nie gereicht. In London schien nun sein Plan eher aufzugehen. Na toll, dann bleib doch in deinem blöden London und werde glücklich, dachte Lisa.

Mit diesem du-kannst-mich-mal-Gedanken räumte sie das eben angerichtete Chaos wieder auf und verließ das *Gloria*. Sie lief ziellos durch die Straßen und blieb vor einem Reisebüro stehen. Verlockende Bilder von Strand und Palmen, wunderschön und weit weg. Ja, ganz weit weg, das wäre ich jetzt auch am liebsten! Mit dieser Idee im Kopf ging sie langsam nach Hause.

Sie war allein zu Hause, Klaus war einige Tage auf Geschäftsreise, gerade jetzt, dachte sie, wo ich dich so sehr bräuchte!

Sie zündete alle Kerzen an, die sie finden konnte, legte Roxy Music auf, schaltete auf volle Lautstärke und ergab sich der Melancholie und ihren schwermütigen Gedanken und schrieb einfach drauf los:

> *Auf brüchigem Eis*
> *der Versuch voranzukommen,*
> *wie die Eisbären,*
> *kurz vor dem Aussterben,*
> *eigentlich ohne Chance.*
> *Alle sehen zu.*
> *Wenn nichts mehr da ist,*
> *woran sonst hält man sich fest,*
> *als an der Vergangenheit,*

die man längst nicht mehr möchte.
Sie bietet keinen Boden,
keine Nahrung.
Alte Wunden
heilen nur oberflächlich.
In der Tiefe
bilden sich Narben,
die sich erinnern
und das Neue verhindern.
Der Tod erscheint
als Erlösung von allem,
als mögliche Alternative
quasi eine Befreiung von Schmerz und Leid,
ein Loslassen der Erwartungen und Wünsche,
sich einfach ergeben.

Sie war wohl auf dem Sofa eingeschlafen, sie sah, dass die Flasche Wein neben ihr auf dem Tisch leer war, und ihr brummte der Schädel, als sie durch die ersten Sonnenstrahlen geweckt wurde. Sie hatte intensiv geträumt, konnte sich aber an nichts erinnern. Alles war weg, auch ihre Niedergeschlagenheit.

Sie nahm den Zettel mit ihren Gedanken von gestern dachte, so ein Scheiß, zerriss ihn in Fetzen und warf in den Müll. Von wegen, heute ist ein neuer Tag, dachte sie, und ich werde ihn nutzen!

„Wir können doch auch zusammen wegfahren, nächsten Monat könnte ich bestimmt 'ne Woche freimachen, wir schauen nach einem Last-Minute-Flug und ab ans Meer!" Klaus sah sie fragend und fordernd zugleich an.

„Natürlich könnten wir das. Aber das ist jetzt nicht das, um was es mir geht, verstehst du denn nicht. Ich glaube, ich brauche einfach Zeit für mich und ich denke, eine Woche wird da nicht ganz reichen!"

Lisa hatte den Eindruck, sich rechtfertigen zu müssen, und das nervte sie. Sie hatte es lange genug mit sich herumgetragen und immer wieder abgewogen, bis sie dann endlich ihren Entschluss Klaus mitteilte.

„Das hört sich ja geradezu so an, als hättest du schon alles fix gemacht!" Vorwurfsvoll sah er sie dabei an.

Und Lisa konnte es irgendwie verstehen, andersherum hätte sie sich vielleicht auch hintergangen gefühlt. Tatsächlich hatte sie schon einen passenden Zeitpunkt im Kopf. Auch den Flug sowie eine Unterkunft hatte sie sich schon ausgesucht, sie musste nur noch zusagen. Doch jetzt im Moment verließ sie ihr Mut wieder und sie wusste nicht mehr, ob sie das alles wirklich wollte.

Dennoch hörte sie sich sagen: „Ich hab mich natürlich schon mal informiert und mir überlegt, wann es am besten passen würde ..."

„Aha, und wann wäre das dann?"

„Ich hätte einen super günstigen Flug nächsten Sonntag …"

Lisa stellte wieder einmal fest, dass es nicht unbedingt leicht war, einfach die Dinge zu tun, die einem in den Sinn kamen. Insbesondere wenn diese Dinge nicht in den allgemeinen „Denkrahmen" der anderen passten. Da muss ich nun mühevoll die eigenen Ängste überwinden und als Belohnung dafür soll ich den anderen auch noch Erklärungen abgeben, dachte sie. Selbst Marion konnte diese Entscheidung nicht wirklich verstehen.

„Was willst du denn zwei Wochen mutterseelenallein auf Kreta?", fragte sie erstaunt und Lisa meinte, ihre Gedanken zu lesen, als Marion sie bereits selbst formulierte: „Habt ihr ne Krise?"

Lisa schüttelte den Kopf, mehr aus Enttäuschung und weniger, um eine Antwort zu geben und ergänzte ironisch: „Klar, was sonst, ich kann mir wirklich keinen anderen Grund vorstellen allein wegzufahren, als eine Beziehungskrise, wirklich sehr originell Marion!"

„Entschuldige mal, ich wollte nicht …"

„Schon gut, lassen wir das, meine Entscheidung steht und ich zwinge niemanden dazu, sie zu verstehen …" Lisa war ehrlich enttäuscht, gleichzeitig bestärkte sie das Gespräch in ihrem Gefühl, dass es an der Zeit war, ihr Leben zu überdenken.

Der Flug war wackelig. Sie waren bei Regen gestartet und der Flieger musste nun erst mal durch die Wolkendecke. Doch der Flug blieb die ganze Zeit über unruhig und Lisa dachte: also, wenn ich schon bei einem Flugzeugabsturz sterben soll, dann, lieber Gott, lass es bitte erst auf dem Rückflug geschehen!

Endlich in ihrer Unterkunft angekommen, genoss sie gleich einmal den wunderbaren Blick von ihrem Balkon auf das Meer und die ganze Bucht. Schnell packte sie ihren Koffer aus und ging dann gleich runter zum Meer. Das Wasser war herrlich, kühl, und so klar, dass man mit bloßem Auge auf den Grund sehen konnte.

Mein Gott, wie habe ich das vermisst!

Die ersten Tage vergingen schnell, sie war damit beschäftigt, sich einzurichten und die Umgebung zu erkunden. Sie genoss es, die Dinge einfach dann tun oder nicht tun zu können, wann sie wollte. Keine Absprachen, keine Diskussionen, sie richtete sich nur nach ihren Bedürfnissen.

Aber sie war eben auch immer allein, allein am Strand, allein beim Wandern und alleine abends im Restaurant. Umgeben von Pärchen und Familien, und sie spürte die mitleidsvollen oder verständnislosen Blicke der anderen. Sicherlich dachten sie, oje, sieh nur, die Arme, ganz alleine!

Ja, sie war alleine, sie wollte es so und, es war nicht nur leicht. Andererseits war das Zusammensein ja auch nicht immer leicht. Sie beobachtete ein Pärchen, das wortlos sein Essen zu sich nahm, das kam Lisa bekannt vor, und sie wusste, alleine zu sein konnte nicht so schlimm sein wie das Gefühl der Einsamkeit, obwohl man zu zweit war. Dennoch wurde ihr Zweifel immer größer, was mache ich hier, was soll das alles?

Trotzig überwand sie sich auch am nächsten Abend wieder, alleine in den nächsten Ort zu laufen und in ein Restaurant zu gehen. Sie ließ sich sogar von einem der Kellner, die versuchten, vor den Restaurants die Touristen abzufangen, überreden und wählte einen Platz auf der Terrasse. Als sie die Speisekarte las, dachte sie, oh Gott, wo bin ich hier gelandet, seitenweise Gerichte, das konnte doch alles gar nicht frisch sein. In dem Moment, in dem sie aufstehen und wieder gehen wollte, nahm sie die Frau wahr, die einen Tisch weiter, auch alleine, gerade ihren Fisch verzehrte. Lisa fragte sie vorsichtig, ob das Essen hier okay sei, und die Frau nickte und meinte: alles gut. Also blieb sie und bestellte Gemüse, da konnte man nicht so viel falsch machen.

Und sie hatte alles richtig gemacht, denn schon bald saß Lisa bei Kati am Tisch und sie unterhielten sich über alles Mögliche. Kati kam aus Berlin und war auch alleine hier. Sie kannte das Gefühl des alleine unterwegs Seins gut:

„Ich habe gelernt, mich nicht mehr in den hinters-
ten Winkel zu verkriechen, nur weil ich alleine bin, ich
nehme immer den besten Platz ganz vorn, trinke den
besten Wein, genieße das Essen und lasse den Abend
gelassen auf mich zukommen ..."

Kati erzählte, dass ihr Freund einfach nicht verrei-
sen mochte, dass er aber ihre große Liebe ist. Also
hatte sie sich eben entschieden, alleine Urlaub zu machen.

Lisa erzählte Kati warum sie hier war, und es entwickelte sich ein Gespräch über den Sinn und Unsinn
des Lebens, über die Möglichkeiten und Unmöglich-
keiten sein Leben zu gestalten und die ewige Suche
nach so etwas wie Erfüllung.

Sie flirteten mit den Kellnern, die einen Raki nach
dem anderen brachten und saßen danach noch bis
spät in die Nacht in einer Musik Bar. Und als sie die
Musik aus den siebziger und achtziger Jahren hörten,
sangen sie laut mit und wussten plötzlich, was sie verband. An diesem Abend war alles leicht, und der Alkohol tat sein Übriges dazu.

Und die Leichtigkeit hielt an. Nach einigen Tagen
hatte Lisa das Gefühl, hier angekommen zu sein. Sie
erkundete zu Fuß die Umgebung, und das Laufen tat
ihr richtig gut. Es war, als ob sie etwas aus sich herausarbeiten wollte, und wenn die Füße abends schwer
waren und schmerzten, hatte sie den Eindruck, wieder

ein Päckchen mehr abgeworfen zu haben. Es war so befreiend, dass sie oftmals gerne noch viel länger gelaufen wäre, aber ihr Körper machte da nicht mit. Doch sie wusste, es war die richtige Entscheidung gewesen, hier her zu kommen.

Je näher der Abreisetermin rückte, desto unruhiger wurde sie. Lisa wurde schlagartig klar, dass sie sich in den letzten Jahren hauptsächlich damit beschäftigt hatte, was sie alles nicht wollte. Es wurde Zeit, ihr Leben auf den Kopf zu stellen … und das bereitete ihr eine gewisse Angst. Noch war es nur ein Gedanke, vielleicht ein Gefühl, aber sie kam zurück als eine andere.

2007

Im Nachhinein verblassen die Sorgen und Ängste, die man einmal hatte, und man könnte manchmal meinen, dass selbst die größten Herausforderungen gar nicht so groß waren.

Doch Lisa schleppte die Entscheidung, das *Gloria* aufzugeben, sehr lange stillschweigend mit sich herum. Anfangs konnte sie den Gedanken als solchen gar nicht zulassen. Sie erledigte die Aufgaben, die anstanden, nur noch wie eine Maschine, die, einmal eingeschaltet, eines nach dem anderen abarbeitet. Monatelang ging das so, bis sie zum ersten Mal, wenigstens sich selbst gegenüber, zulassen konnte, dass sie tatsächlich nicht mehr wollte. Es dauerte weitere Monate, bis sie mit Klaus darüber sprechen konnte. Als sie es ihm mitteilte, zitterte sie am ganzen Leib, Tränen liefen ihr übers Gesicht. Es war ein Gefühl, als wenn sie nun etwas ganz Schlimmes, das sie angestellt und verheimlicht hatte, gestehen müsste. Und sie spürte, dass hier was schieflief. Nicht Klaus war hier der Auslöser für dieses Gefühl, sondern Stefan. Wie konnte es verdammt nochmal sein, dass sie gegenüber Stefan ein schlechtes Gewissen hatte, wenn sie das *Gloria* aufgab! Er ist schließlich als erster gegangen und hatte sie mit allem alleine gelassen!

Aber all das nutzte in diesem Moment nichts, sie konnte es zwar denken, aber die Verunsicherung und das schlechte Gefühl blieben.

Klaus nahm sie in den Arm, er war geschockt, aber nicht so sehr, wie Lisa es vermutet hatte.

„Ich bin froh, dass es nur das ist", sagte er leise.

„NUR!?" Lisa wusste nicht mehr, was sie denken sollte. Gerade eben war er noch so verständnisvoll, und jetzt? Er sollte doch wirklich wissen, wie wichtig das *Gloria* für sie war!

„Lisa, jetzt reg dich nicht auf. Ich weiß, wie wichtig dir das *Gloria* ist, aber ich dachte, ich bin der Grund für deine trübe Stimmung in den letzten Wochen, und so gesehen, bin ich dann doch froh, dass es eben nur das *Gloria* ist. Oder willst du mich jetzt gleich auch noch verlassen?"

Sie sah ihn kopfschüttelnd und verblüfft an, und Klaus wischte ihr die Tränen von der Wange. Sie konnte jetzt nicht mehr weiterreden. „Bitte halte mich einfach nur ganz arg fest!"

Es dauerte fast 2 Jahre vom ersten Gedanken bis zur Übergabe des *Glorias*. Rückblickend fühlte es sich viel kürzer an, aber währenddessen hatte Lisa manchmal den Eindruck, die Zeit würde stillstehen. Sie wurde so oft mit ihren Grenzen konfrontiert, dass sie meinte, nun müssten sie doch endlich einmal überwunden sein. Aber kaum war die eine Hürde geschafft, kam die nächste, noch größere Herausforderung. Dabei waren ihre eigenen Zweifel das Schlimmste. Doch um zurück zu rudern, war es bereits viel zu spät, es ging nur nach vorn, das war klar. Völlig unklar war dagegen das Ziel. Das, was nach dem *Gloria* kommen sollte.

Was wollte sie arbeiten, von was sollte sie künftig leben? Sie verdrängte diese Gedanken so gut es ging, aber sie holten sie nachts in Form von Albträumen wieder ein. Schweißgebadet wachte sie dann auf, wenn sie in ihren Träumen mal wieder ins Nichts gefallen war, endlose Abstürze, Nacht für Nacht. Und dann kam auch zu allem Überfluss die Stimme ihrer Mutter wieder, vorwurfsvoll und drohend, mehr ein Gefühl als eine Stimme, aber so oder so unerträglich. Es war wie bei einem Tinnitus, je mehr man sich dagegen wehrt, umso schlimmer wird es. Lisa hielt sich die Ohren zu oder versuchte, die Stimmen mit Musik zu übertönen, nichts half. Nachts raubten sie ihr den Schlaf und tagsüber verunsicherten sie Lisa, bei allem was sie tat.

Dabei war sie der Meinung, dass sie sich mit ihrer Herkunftsfamilie ausreichend auseinandergesetzt hatte. Es war ihr sogar gelungen, ihren Eltern zu vergeben und sie nicht weiterhin für ihr eigenes Versagen verantwortlich zu machen. Letztendlich hatten sie es bestimmt in guter Absicht gemacht und konnten eben auch nur das geben, was ihnen möglich war. Lisa war zu der Einsicht gekommen, dass man, egal wie man auch aufgewachsen war, irgendwann erkennen sollte, dass man sein Leben eigenverantwortlich gestalten muss. Doch all die klugen Gedanken halfen ihr im Moment nicht weiter, sie fühlte sich wieder wie das kleine hilflose Kind, dass dennoch trotzig alles anders machen möchte, als die Mutter es will. Wann hört das endlich auf, schrie Lisa verzweifelt in die Nacht hinein.

Marion war, so gut sie konnte, für sie da und bestärkte sie in ihrem Tun, obwohl sie gerade genug mit ihrer Arbeit und der pubertierenden Sara zu tun hatte.

Aber der eigentliche Fels in der Brandung war für sie in dieser Zeit Klaus. Er gab sich zuversichtlich und machte ihr Mut, auch wenn Lisa spürte, dass ihre Situation ihm tatsächlich Angst bereitete. Er stand zu ihr, und sie machte es ihm wahrlich nicht leicht. Schließlich bekam er all ihre Stimmungsschwankungen ganz direkt und ungefiltert ab.

„Du musst es ihm sagen", meinte Klaus vorsichtig, denn er wusste, dies war ein heikles Thema.

„Ich weiß", sagte Lisa, ohne ihn dabei anzusehen. Tatsächlich hatte sie schon mehrfach versucht, Stefan einen Brief zu schreiben, aber sie fand nie die richtigen Worte.

Sie hatten so lange keinen Kontakt gehabt, Lisa kam es wie ein ganzes Leben vor. Sie erinnerte sich an die Zeit, als sie sich ein Leben ohne ihn gar nicht mehr vorstellen konnte, und dann ging es doch. Ungern musste sie sich nun selbst eingestehen, dass er recht behalten hatte, er musste gehen, seinetwegen, aber sie wusste, er hatte es auch für sie getan. Er hatte erkannt, dass er im Weg stand und Lisa und Klaus nie eine echte Chance gehabt hätten, wenn er geblieben wäre. Und er stand auch seinem eigenen Glück im Weg, beruflich wie privat. Sein ein und alles war nun mal die Fotografie, die er wegen des *Glorias* fast schon aufgegeben hatte, und sein Lebenspartner war Bernd. Wenn Lisa heute darüber nachdachte, wusste sie, dass sie selbst das nie zustande gebracht hätte, und wer weiß, was dann alles hätte passieren müssen, damit sie beide ihren Weg finden konnten. Sie war Stefan unendlich dankbar dafür und ja, sie musste ihm auch das sagen!

Nun ist es also soweit, ich bin arbeitslos. Ich kann jeden Morgen ausschlafen, solange ich will, und hab den ganzen Tag einfach nichts zu tun. Für Lisa war dies bereits vom ersten Tag an schrecklich.

Das *Gloria* wurde jetzt von anderen betrieben. Sie hatte noch etwas Geld für die Einrichtung und diverse Werbemaßnahmen bekommen, letztendlich war es aber ein Verlust, denn das, was sie zuletzt an Energie und Ideen investiert hatte, dafür zahlte ihr natürlich keiner was. Damit hatte sie aber auch nicht gerechnet.

Doch sie hatte gehofft, dass ihr in der Zwischenzeit etwas einfallen würde, was sie wieder motivieren könnte, wofür es sich lohnen würde, ihre Energie zu investieren. Irgendwelche Jobs hatte sie schließlich schon genug gehabt in ihrem Leben. Sie wollte ihr Ding finden, fand aber nur eine große Leere in sich.

Mit ihrem Ersparten konnte sie noch eine Weile über die Runden kommen, aber dann? Klaus zeigte sich zwar von seiner großzügigen Seite und betonte immer wieder, dass er grundsätzlich genug Geld für zwei verdiente, aber das wies Lisa dankbar, aber rigoros zurück. Nie im Leben, möchte ich mich auf so einen Deal einlassen, dachte sie.

Lisa und Marion saßen im Café, nach je zwei Tassen Kaffee waren sie nun beim Sekt angelangt.

„Darauf muss angestoßen werden, prost Marion, und Glückwunsch zum neuen Kunden!"

Marion hatte Lisa völlig begeistert erzählt, wie sie über glückliche Zufälle und ein zunächst belangloses Gespräch an der Hotelbar den Kontakt zu einem sehr großen Kunden aufbauen konnte. Marion war völlig aus dem Häuschen und Lisa freute sich mit ihr.

„Nächste Woche geht es schon mit den ersten Projekten los und ich bin so aufgeregt, als wären es meine allerersten! Oh, Lisa, ich wünschte du könntest dabei sein und mir Mut machen!"

„Ausgerechnet ich, ich glaube, in meiner momentanen Situation bin ich nicht die Richtige, um andere zu unterstützen. Ich weiß ja selbst nicht, was ich will, wie sollte ich da für dich hilfreich sein?"

„Immer noch keine Idee?"

„Nein, nichts, nada! Ich hab das Gefühl, ich dreh mich im Kreis, ich komm hier irgendwie nicht zur Ruhe!"

Marion sah sie mit hochgezogenen Augenbrauen an: „Was hältst du davon, wenn du mitkommst. Ich bin irgendwo mitten auf dem Land untergebracht und ich bekomme eh ein Doppelzimmer. Das Hotel hat ein Schwimmbad und eine Sauna. Ich bin ja den ganzen Tag weg und du hättest das Zimmer für dich. Spazierengehen, Landluft genießen, zur Ruhe kommen. Der Abstand tut dir vielleicht gut, was meinst du?"

„Aber …" Lisa dachte kurz nach und fand den Gedanken gar nicht so schlecht.

„Nix aber, es kostet dich nichts, und ich wäre auch sehr froh, wenn ich nicht alleine bin, komm, sag ja!"

Das Hotel war die Wucht, und das Zimmer war wirklich groß genug und sehr geschmackvoll einge-

richtet. Vom Balkon aus hatten sie einen wunderschönen Blick in die endlos scheinende Natur und die nahe
gelegenen Berge. Nachdem sie sich im Zimmer umge-
schaut hatten, ließen sie sich glücklich und erschöpft
von der Anfahrt auf die Betten fallen.

„Ich bin so froh, dass du mitgekommen bist." Marion griff nach Lisas Hand, und so lagen sie einige Minuten Hand in Hand und genossen den Augenblick.

Am nächsten Tag konnte sich Lisa dazu überwinden, Stefan zu schreiben. In knappen Sätzen infor-
mierte sie ihn über die Situation und ihre Entscheidung. Als sie den Brief endgültig abschickte, fiel ihr
ein Stein vom Herzen.

Sie war in die Welle gesprungen, mittenhinein, und
danach ist es eben anders …

Sie erinnerte sich an Detlef – dieser Name, der so
gar nicht zu diesem Mann passte. Ihre Wege kreuzten
sich für kurze Zeit, als Lisa mal wieder einen ihrer
kleinen Ausbrüche wagte. Ein paar Wochen allein ans
Meer, Abstand gewinnen, mit sich selbst ins Reine
kommen …

Sie hatte in den Felsen einen ruhigen und gemütli-
chen Platz gefunden und ließ das Rauschen der

Wellen in sich eindringen. Regelrecht berauscht starrte sie ins Meer, alles um sie herum war wie im Nebel, obwohl es ein glasklarer Tag war, die Sonne strahlte von einem blauen Himmel, wie es ihn nur hier gab.

Er musste schon einige Minuten neben ihr gestanden haben, als sie sein „darf ich?" wahrnahm. Aber erstaunlicherweise erschrak sie gar nicht, völlig ruhig sah sie ihn an und er sie. Er hatte stahlblaue Augen, eine riesige Hakennase und viele Schnitte im Gesicht, so hätte Sara sein faltiges Gesicht beschrieben, als sie noch klein war. Lisa schätzte ihn so um die 80 Jahre alt, seine grauen Locken wurden vom Wind hin und her geweht.

„Was?"

„Darf ich mich dazusetzen, ich bin eine ganze Weile gelaufen, um mich an meinen Lieblingsort zu setzen und nun ist er besetzt."

Er wartete die Antwort nicht ab. Ungefähr einen Meter von Lisa entfernt war noch eine schöne Mulde im Fels, in die man sich setzen konnte, fast wie in einen Fernsehsessel. Er ließ sich stöhnend nieder, seine Kniegelenke knacksten dabei heftig. Sie starrten beide lange wie gebannt aufs Meer. Es war seltsam, normalerweise hätte sich Lisa gestört gefühlt und wäre vermutlich gegangen. Aber das Gegenteil war der Fall, sie hatte ihn beinahe schon wieder vergessen, als er sagte:

„Ich bin Detlef!"

„Oh …!" Lisa konnte sich ihr Lachen kaum verkneifen. „Entschuldige, aber …" Sie konnte nicht weiterreden vor Lachen. Aber Detlef, das passte einfach so gar nicht zu diesem alten und durchaus beeindruckenden Mann!

Detlef blieb völlig gelassen und meinte: „Ich habe mein halbes Leben lang gebraucht, um zu diesem Namen zu stehen!"

Als sich Lisa wieder beruhigt hatte, stellte sie sich kurz vor und sie sahen sich mit einem vielsagenden Lächeln in die Augen.

„Wie hast du diesen Platz gefunden?"

„Er war einfach plötzlich da, so wie du auch!"

Sie starrten wieder auf die Wellen.

„Es gibt nichts Besseres, als hier zu sitzen und die Wellen zu beobachten … ich versuche, immer eine im Auge zu behalten, aber dann kommt gleich die nächste… und die andere ist schon wieder verschwunden. In meinem Leben gibt es momentan nur eine Welle, hoch und gewaltig, und sie verschwindet nicht. Stattdessen wird sie immer größer, scheinbar unbezwingbar."

Detlef sah weiterhin ins Meer hinaus, dann meinte er: „In die großen Wellen musst du direkt hineinspringen, dann kannst du sie unbeschadet überstehen, ansonsten reißen sie dich vielleicht mit …!"

„Ich trau mich aber nicht!"

„Mit der Angst ist es genauso. Man kann sie lange vor sich herschieben, aber irgendwann muss man sich dann doch auf sie einlassen, damit sie wieder verschwinden kann."

Mühsam richtete sich Detlef auf und kam direkt auf Lisa zu. Automatisch stand sie auch auf und streckte ihm vorsichtig ihre Hand zum Abschied hin. Er nahm sie und zog Lisa an sich. Sie umarmten sich wie alte Freunde und wussten beide bereits in diesem Moment, dass sie sich nie wiedersehen würden.

Er ging ohne ein weiteres Wort. Lisa sah im noch lange nach, wie er mühsam über die Felsen in Richtung Straße kletterte, dann war er verschwunden.

Sie ging hinunter zur Kiesbucht, zog sich aus, ging ins Wasser und wartete auf die nächste große Welle, dann sprang sie hinein. Es war erfrischend einfach.

2013

Die Welle damals, war einfach nicht aufzuhalten, dachte Lisa, während sie auf der kleinen Holzbank vor ihrem Häuschen saß und aufs weite Meer blickte.

Mittlerweile ein gewohnter Anblick und dennoch keineswegs langweilig. Manchmal saß sie stundenlang hier und blickte in die Ferne, die kleine Katze auf dem Schoß, und vergaß die Zeit. Erst die kühle Abendbrise ließ sie spüren, dass es Zeit war, reinzugehen ... oder eine Decke zu holen, um dann in aller Ruhe in die Dunkelheit zu starren, Sterne zu gucken oder die Satelliten bei ihren Runden zu beobachten.

Vor drei Jahren hatte sie alle vor den Kopf gestoßen und sich hier auf der Insel dieses kleine Häuschen gekauft. Tag und Nacht umgeben vom Rauschen der Wellen! Es war kein Ziel oder Wunsch gewesen, eher eine Notwendigkeit. In sich logisch, Lisa musste und konnte sich nicht dafür oder dagegen entscheiden, es war einfach mit ihr passiert.

So wie der plötzliche Tod ihrer Eltern, der irgendwie die Welle erst so richtig ins Rollen brachte, einfach passiert war. Ein Autounfall, aus welchem Grund auch immer, von der Straße abgekommen und ungebremst gegen den nächsten Baum geknallt – der Klassiker. Beide waren, nach Auskunft des Arztes, wohl sofort tot.

Lisa hatte es den Boden unter den Füßen weggezogen. Ihr ganzes bisheriges Leben hatte sie das Gefühl gehabt, keinen festen Boden unter sich zu haben. Aber nun war eben gar nichts mehr da. Als Einzelkind blieb sie allein zurück, ohne Klärung, ohne Abschied.

Lisa hätte nie gedacht, dass ihr der Tod ihrer Eltern so zusetzen würde. War der Kontakt zu ihnen doch immer spärlicher und kühler geworden. Sie hatten einfach nichts, wo sie gemeinsam hätten andocken können. Die gegenseitigen Erwartungen konnten weder Lisa noch ihre Eltern erfüllen, und so blieb eine Leere zwischen ihnen, fast unerträglich und nur schwer auszuhalten, für beide Seiten.

Lisa funktionierte, sie managte die Beerdigung und alles andere, was zu tun und zu organisieren war. Sie ließ das Haus ihrer Eltern räumen, das Haus, in dem sie ihre Jugend verbracht hatte, nachdem sie vorher erfolglos nach irgendwelchen Hinweisen oder Hinterlassenschaften ihrer Eltern gesucht hatte. Stattdessen fand sie alte Briefe von sich an ihre Eltern. Sie hatten sie tatsächlich aufgehoben! Ein schmerzhaftes Lächeln ergriff Lisa, als sie las, wie sie damals, als 15-Jährige, ihren Eltern die Welt erklären wollte. Oh mein Gott, was hatte ich mir nur dabei gedacht?

Und dann machte sie sich breit, die Leere, Lisa spürte regelrecht, wie sie ihren ganzen Körper ausfüllte und ihr Denken benebelte. Verunsichert und orientierungslos lebte sie vor sich hin.

Das Schreiben vom Notar, das sie einige Wochen später im Briefkasten fand, nahm sie reglos wahr. Auch den Termin vor Ort, bei dem der Notar ihr vorlas, wieviel Geld ihre Eltern ihr hinterlassen hatten und er sie fragte, ob sie das Erbe annehmen möchte, brachte sie mit einem sachlichen „ja" und ihrer Unterschrift, schnell, und wie betäubt, hinter sich.

Lisa war mit sich selbst beschäftigt, abgewandt von der Umwelt um sie herum. Sie zog sich zurück, wollte nur noch ihre Ruhe haben. Es tat ihr nicht gut, das wusste sie, und dennoch gab es aus ihrer Sicht keine Alternative dazu. Weder Klaus noch Marion kam an sie heran, und selbst Sara konnte sie nicht aufheitern.

Klaus ertrug die Situation und übte sich in Geduld, wohl in der Hoffnung, dass bald bessere Zeiten kommen würden. Lisa bewunderte ihn dafür, wie er zu ihr hielt und nie die Hoffnung aufgab. Ich hab ihn nicht verdient, dachte sie oft im Stillen. Sie konnte ihm weder sagen noch zeigen, welch große Stütze er für sie war, gerade jetzt.

Dennoch war es unausweichlich, Lisa spürte es bereits, bevor es ihr bewusst wurde. Die nächste Welle kam auf sie zu und würde sie mitreißen, weit weg von hier.

Als sie wieder einmal für zwei Wochen alleine auf der Insel war, hatte sie ihr Selbstmitleid und ihre Lethargie natürlich mit im Gepäck. Nun war sie nicht mehr nur alleine, sondern tatsächlich einsam. Nichts war hier mehr wie sie es kannte, und doch war alles gleichgeblieben. Lisa hatte keinen Blick mehr dafür. Sie packte ihren Rucksack und lief los, nur um etwas zu tun. Kilometer um Kilometer bei brütender Hitze, stundenlang ziellos durch die Berge, sie begegnete keiner Menschenseele, und selbst die Schafe liefen davon, als sie sie wahrnahmen.

An einem Felsvorsprung, der etwas Schatten spendete, ließ sie sich erschöpft auf die Steine fallen, dabei schlug sie mit dem Knie auf einen spitzen Stein, ein stechender Schmerz durchzog ihren Körper von oben bis unten. Sie schrie laut auf, Tränen lösten sich und bildeten innerhalb von Sekunden regelrechte Sturzbäche, die nicht enden wollten. Alle verpassten Chancen, alle Misserfolge, alle Ängste und alle Abschiede ihres bisherigen Lebens kamen ihr in den Sinn, sie fühlte sich vom Leben verarscht. Damit wollte sie nichts mehr zu tun haben.

Sie dachte, ich muss jetzt direkt ans Meer, dort werde ich mich in den Sand legen und warten, bis die

Wellen mich überspülen, bis nichts mehr von mir zu sehen ist.

„Dann bin ich mühsam und unter Schmerzen über die Felsen nach unten Richtung Strand geklettert. Als ich endlich unten war, ging gerade die Sonne am Horizont unter …"

Klaus sah sie mit geweiteten Augen und verständnislos an, er fand keine Worte.

„… ich wollte mich in den Sand legen, aber ich hatte eine furchtbare Angst davor. Irgendetwas hielt mich davon ab, es zu tun. Dann sah ich es, keine hundert Meter von mir entfernt."

„Und deswegen ist es nun dein Schicksalshaus, wie du es nennst", fragte Klaus, skeptisch dreinblickend.

Lisa verbrachte damals notgedrungen die Nacht in dem leerstehenden Haus, welches sie, als sie so zweifelnd und ängstlich am Strand stand, plötzlich entdeckt hatte. Die Fenster waren kaputt, und auch sonst war das Haus in einem verwahrlosten Zustand, es musste schon seit einiger Zeit leer stehen. Sie legte sich mit ihrer Jacke auf den kalten Steinboden, den Kopf auf dem Rucksack gebettet, und fiel, trotz der widrigen Umstände, in wenigen Minuten in einen tiefen Schlaf. Mitten in der Nacht wachte sie auf, schlaftrunken grübelte sie, was sie wohl geweckt hatte: Ich habe geträumt, aber was? Ich kann mich an nichts

Konkretes erinnern, es ist eher ein Gefühl, oder ein Gedanke? Ich glaube, ich habe von mir geträumt, als könnte mich nichts mehr davon abhalten, meinen Weg zu gehen ...

Sie kam nicht mehr dazu, sich über sich selbst zu wundern, denn sie schlief gleich wieder ein. Als es hell wurde, war sie sofort wach und alle Gedanken der Nacht waren verschwunden. Ihr Knie war noch angeschwollen, aber die Schmerzen hatten nachgelassen. Getrieben von Hunger und Durst wollte Lisa so schnell wie möglich zurück in die Zivilisation. Als sie sich vor dem Haus orientieren wollte, entdeckte sie einige Meter oberhalb des Strandes eine Art Feldweg, wie es sie hier häufig gab. Manchmal führten sie von A nach B, manchmal endeten sie abrupt in der Pampa oder verstellt durch rostige Schafszäune.

Lisa versuchte ihr Glück und musste später feststellen, dass der Weg schon recht bald in eine Piste überging, in der Ferne erkannte sie bereits die ersten Häuser, an denen sie gestern schon vorbeigekommen war. Was sie am Tag zuvor mühevoll und langwierig über die Berge erwandert hatte, hätte sie deutlich einfacher und schneller erreichen können, wenn sie am Strand entlanggegangen wäre!

Diese Erkenntnis verschlug ihr den Atem, so dass sie kurz innehalten musste. Mein ganzes bisheriges Leben habe ich versucht, schnell und einfach ans Ziel zu kommen, um dann festzustellen, dass keines dieser Ziele meine Sehnsucht gestillt hat. Und hier gehe ich die mühevollsten Umwege, um dann etwas zu finden, das ich nicht gesucht habe, das aber in einer einzigen Nacht meine Sehnsucht hat verschwinden lassen.

Tatsächlich hatte sie festgestellt, als sie frühmorgens in dem Häuschen aufwachte, dass etwas in ihr anders war. Sie war so ruhig, irgendwie in sich ruhend, alle Ängste und Zweifel waren weg. Die Sehnsucht auch.

„Ich erwarte nicht von dir, dass du das verstehen kannst, ich kann es ja selbst nicht verstehen …"

„Aber Hauptsache, du hast schon mal für dich eine Entscheidung getroffen. Hast du eigentlich schon mal über die möglichen Konsequenzen nachgedacht? Was ist, wenn das Haus versteckte Mängel hat, wenn sie dich verarscht haben und die Besitzverhältnisse womöglich gar nicht geklärt sind, und wie ist das Ganze überhaupt steuerlich …", blaffte Klaus trotzig, doch weiter kam er nicht.

„Klaus, bitte, hör auf damit …" Lisa legte vorsichtig ihren Zeigefinger auf seine Lippen. „Bitte, ich weiß was du sagen möchtest, doch das alles ändert nichts an der Situation."

Sie küsste ihn, und nach einem kurzen Moment ließ er sich darauf ein.

„Was wird aus uns Lisa?" Klaus sah ihr direkt und

mit klarem Blick in die Augen, als würde er gerade eben erst begreifen, was passiert war.

Lisa konnte es kaum glauben, aber selbst jetzt kamen ihr keine Zweifel, sie waren wie weggeblasen seit dem Morgen im Haus.

Sie dachte daran, wie sie die folgenden Tage ihres Aufenthaltes damit verbracht hatte, den Besitzer ausfindig zu machen und alles Weitere in die Wege zu leiten. Aufgrund ihrer mangelnden Sprachkenntnisse musste sie sich hundertprozentig auf einen Dolmetscher verlassen …

Zweifel kamen auf, anerzogene Glaubenssätze wie: das kannst du nicht, das wird schiefgehen, du übernimmst dich, sie werden dich über den Tisch ziehen, etc. Doch sie hatten keine Kraft mehr, setzten sich nicht durch. Lisa erkannte sich selbst nicht mehr. Völlig gegen ihr Naturell unterschrieb sie letztendlich am Tag vor ihrem Rückflug einen Kaufvertrag, den sie weder richtig lesen noch verstehen konnte!

Es war alles so erschreckend leicht gegangen. Die Dinge fügten sich aneinander, als hätten sie nur darauf gewartet, angestoßen zu werden. Wie eine Reihe aufgestellter Dominosteine schob ein Stein den anderen an. Lisa tat dies alles in einer nie gekannten Ruhe und Gelassenheit. Noch vor wenigen Tagen hätte sie es als gnadenlose Naivität bezeichnet.

Sie wusste nicht, was sie Klaus antworten sollte. Es

gab nichts zu erklären, denn sie hatte keine Entscheidung getroffen, es war einfach geschehen.

„Ich … ich weiß es nicht. Ich liebe dich, du bist mein Lebensmensch, ich will dich nicht verlieren und werde dennoch gehen …"

Lisa dachte an Stefan, der ihr damals als einziger aufbauende Worte per Mail geschickt hatte:

Liebe Lisa,

wenn es sich so fügt, wie du schreibst, dann denke ich, soll es wohl so sein. Kannst du dich noch an dein Lieblingszitat von Rainer Maria Rilke erinnern: Habe Geduld gegen alles Ungelöste in deinem Herzen und versuche die Fragen selbst lieb zu haben, wie verschlossene Stuben und wie Bücher, die in einer fremden Sprache geschrieben sind. Forsche jetzt nicht nach den Antworten, die dir nicht gegeben werden können, weil du sie nicht leben kannst. Und es handelt sich darum, alles zu leben. Lebe jetzt die Fragen. Vielleicht lebst du dann allmählich, eines fernen Tages, in die Antwort hinein.

Vielleicht hilft es dir, wenn du es jetzt nochmal liest und auf dich wirken lässt?

Ich denke oft an dich!

Liebe Grüße

Stefan

Lisa las das Zitat immer wieder und dachte, diese Zeilen erklären das ganze Leben, mein Leben. Sie dachte, lieber Stefan: Wir haben uns zwar aus den Augen verloren, aber nie aus dem Sinn!

Es war nicht leicht hier, bis zum heutigen Tag, dachte Lisa. Ich bin die „verrückte Deutsche" geblieben und werde es immer sein. Aus Sicht der Einheimischen konnte eine Frau, die einsam und abgeschieden in einem alten Haus wohnt, zusammen mit unzähligen Straßenkatzen, einfach nicht ganz richtig im Kopf sein.

Dennoch entstand mit der Zeit zwischen Lisa und einigen wenigen Leuten im Dorf so etwas wie eine distanzierte Freundschaft. Und wenn Lisa wirklich Hilfe brauchte, bekam sie die auch.

Letztendlich aber war sie allein. Tag und Nacht, Stunde um Stunde halte ich mich aus. Jetzt plötzlich geht das, dachte sie versonnen.

2010

Im ersten Jahr hatte sie viel Besuch. Klaus war gleich mehrere Wochen dagewesen, vielleicht um zu testen, wie es wäre, wenn ...? Lisa wusste, dieses Leben hier wäre nichts für ihn, nicht auf Dauer. Klaus kam gerne auf Besuch und fuhr genauso gerne wieder nach Hause. Er hatte sich sein neues Leben ohne Lisa mittlerweile gut eingerichtet. Sie waren regelmäßig in Kontakt, telefonierten oder schrieben sich seitenlange Mails. Eigentlich, dachte Lisa, sind wir uns jetzt manchmal näher als früher.

Wenn sie jetzt Kontakt miteinander hatten, nahmen sie sich wirklich Zeit füreinander. Was früher mal schnell zwischen Tür und Angel abgehandelt wurde, konnten sie nun in aller Ruhe austauschen. Und es gab wenig, was sie sich nicht voneinander mitteilten.

Marion kam an Weihnachten, Lisas erstes Weihnachten auf der Insel. Sonne und Regen wechselten sich ab, doch insgesamt war es noch mild und Marion war ganz begeistert, dass sie sogar noch ins Meer konnte.

„Es ist wirklich schön hier! Bei uns hat es 3° C und Schneeregen, und hier kann ich noch im Meer schwimmen", rief Marion begeistert und ließ sich, in ein Handtuch gewickelt, in die Hängematte vor dem Haus fallen.

„Ja, die weniger schöne Zeit kommt noch!" Lisa erinnerte sich an die ersten Wochen, nachdem sie hier eingezogen war. Tagelang Dauerregen, Sturm und Gewitter fühlten sich hier in diesem kleinen Häuschen ganz anders an. Man hatte das Gefühl, dass die Blitze direkt nebenan einschlugen, und wenn das Meer sich in ein tosendes Etwas verwandelte, konnte das schon sehr beängstigend sein.

„Und dann, nachdem zuerst alles so leicht ging, kamen meine Ängste wieder hoch. All die kontrollierenden, rationalen Gedanken wie: Was machst du hier? Was soll das alles? Das schaffst du nicht! Das ging tagelang so, nachts hatte ich Albträume und tagsüber ständige Zweifel, und dann, von einem Tag auf den anderen, war alles wie weggeblasen! Am nächsten Tag setzte sich wieder die Sonne durch, auch in meinem Herzen." Lisa lächelte schwach und reichte Marion ein Bier.

„Und wie geht es dir, meine Liebe?"

Marion sah sie an und Lisa nahm wahr, dass sie sich die Worte erst zurechtlegen musste, bevor sie antworten konnte: „Es ... nun ja, Sara wird erwachsen und jeden Tag verliere ich sie ein bisschen mehr ..."

„Ist das nicht ganz normal, sie möchte vielleicht ihre Selbständigkeit beweisen ..."

„Das meine ich nicht, Lisa. Ich komme einfach

nicht an sie ran. Es fühlt sich an, als würden wir in zwei verschiedenen Welten leben, Sprachen sprechen, mit denen wir uns nicht verstehen können. Sie vertraut mir nicht ... wenn überhaupt, spricht sie über persönliche Dinge nur mit Rainer oder eben mit dir. Egal, was ich tue, wir bleiben uns einfach fremd. Im Grunde war das schon immer so, nur jetzt spüre ich es besonders stark, vielleicht, weil ich immer hoffte, dass es besser wird, wenn sie älter ist, Scheiße, Lisa, ich hab total versagt!"

„Es fühlt sich vielleicht so für dich an, aber du weißt, dass das nicht stimmt." Lisa nahm Marion in die Arme und hielt sie fest.

„Wir haben wohl alle so ein Bild im Kopf, wie eine Beziehung zwischen Eltern und Kindern zu sein hat. Aber im Grunde wissen wir doch auch, dass jeder Mensch eigen ist und seine eigene Geschichte mit auf die Welt bringt, egal, welche Eltern er hat. Ich glaube, es geht um diese Geschichte, die wir mit uns herumtragen, um sie zu leben. Da gibt es tausend Fragezeichen und eins ums andere will gelöst werden ... Sara ist stark, weil sie eine starke Mutter hat, sie wird ihre Geschichte leben. Ihr beide könnt euch vielleicht nicht so gut mit Worten austauschen, ich denke aber, euer Austausch findet auf einer anderen Ebene statt, eher mental oder so. Sara braucht dich, auch wenn sie das wohl nie so sagen wird."

„Ich würde es gerne auch so sehen können wie du,

aber es nagt an mir, macht mich unzufrieden und empfindlich, ich krieg schon Bauchschmerzen davon ... sie, sie kann so kalt sein!"

Lisa konnte nur ansatzweise erahnen, was hier zwischen Mutter und Tochter eigentlich los war. Je älter Sara wurde, umso klarer zeigte sich, dass die beiden äußerlich keinerlei Ähnlichkeiten hatten und auch sonst zwei völlig unterschiedliche Verhaltenstypen waren. Marion die agile Macherin, kommunikativ und nach außen orientiert, und Sara, die zart besaitete, nachdenkliche Grüblerin, die alles mit sich selbst ausmachte und oft phlegmatisch und ablehnend wirkte. Und doch gab es da eine Kraft, die Lisa bei beiden erkennen konnte, einen starken Willen, das Leben bestmöglich zu meistern.

„Ja, ich weiß, sie kann sehr abweisend wirken, wenn sie mit sich selbst beschäftigt ist. Ich kenne das ansatzweise auch von mir ...", meinte Lisa.

Sie sahen beide eine Weile nachdenklich aufs Meer hinaus, tranken ihr Bier und genossen die Stille.

„Und du, was hast du vor, hier so ganz alleine und einsam?", fragte Marion und sah Lisa mit festem Blick an.

„Alleine, ja, und einsam auch, aber auch nicht mehr als sonst. Ich weiß es nicht Marion, ich habe den Eindruck, dass sich da irgendetwas aus mir herausarbeiten möchte, ich weiß noch nicht genau wie und was, aber klar ist, dass ich dazu alleine sein muss.

Ich kann es selbst noch nicht ganz glauben, dass ich mir das jetzt einfach leisten kann. Meine Eltern würden sich wohl im Grab umdrehen, wenn sie wüssten, was ich mit ihrem Erbe anstelle!"

„Du meinst also, einige Fragezeichen deiner Geschichte hier lösen zu können?"

„Ja, ich glaube schon … aber wer weiß schon, was die Zukunft bringt. Ich bin hier und es ist gut so, was morgen ist, kann ich dir morgen sagen."

„Tja, morgen … da muss ich schon wieder zurück, die Woche hier verging wie im Flug. Ich werde dich vermissen, ach was, ich komme einfach ganz bald wieder!"

Marion stand auf und lief zum Strand. Lisa zog sich aus und folgte ihr. Kreischend vor Freude sprangen sie ins kühle Wasser, am Horizont die rot untergehende Sonne.

Als Marion abgereist war, fühlte sich Lisa ziemlich einsam. Plötzlich waren da Bilder in ihrem Kopf, wie sie verzweifelt jemanden suchte und nicht finden konnte, und wie dieses komische Mädchen sagte: Ihr habt noch genug Zeit … und dann so eklig und gemein lachte … Warum erinnerte sie sich gerade jetzt an diesen schrecklichen Traum, den sie vor vielen Jahren geträumt und nie wirklich vergessen hatte?

Die Welle des Alleinseins hatte sie längst umspült. Seit sie hier war, hatte sie tatsächlich keine Sehnsucht mehr nach irgendwas. Tief in sich spürte sie, dass sie einfach hier sein musste. Doch was tat sie hier, was sollte das alles?

Auch Stefan hatte sie das gefragt, als er für ganze zwei Tage quasi auf einen Sprung bei ihr vorbeikam und ihr eröffnete, dass er und Bernd nun nach Kapstadt ziehen würden.

Seit er ein gefragter Fotograf war, jettete er durch die Welt, immer auf der Suche nach den ganz besonderen Bildern, die er dann für viel Geld verkaufen konnte. Lisa sah sich einige seiner Bilder an, sie waren wirklich sehr beeindruckend, egal ob Portraits oder Landschaftsaufnahmen, man hatte dabei den Eindruck, dass es da immer nur einen einzigen Moment gab, in dem genau dieses Bild zustande kommen konnte. Und Stefan hatte wohl die Gabe, genau diese Momente immer wieder zu treffen.

Eines Tages stand er plötzlich bei ihr vor dem Haus, letztendlich, so kam es bei Lisa an, um sich zu verabschieden. Als er ging meinte Lisa zu spüren, dass es ein Abschied für immer war. Während sie ihm ein „Lebewohl" hinterherrief, spürte sie einen tiefen Schmerz in der Brust. Ihr Herz hörte für einen Moment auf zu schlagen und ihr wurde schwindlig. Sie hatte ihn verloren, schon längst, doch die Endgültigkeit begriff sie erst jetzt. Ihr Herz fing wieder an zu schlagen, aber unregelmäßig und holprig, der Schmerz durchzog ihre ganze linke Körperhälfte, sie war wie gelähmt. Dann schlug das Wetter um und sie wurde krank.

Der Regen prasselte auf das Dach, während Lisa matt und fiebrig vor sich hinvegetierte. Es wurde von Tag zu Tag schlimmer, der Regen verwandelte sich in Dauerregen mit heftigen Sturmböen und Hagel, während Lisa mal frierend, mal schwitzend, im Fieberdelirium verbrachte. Mal träumte sie, wie sie hier einfach allmählich verhungern und verdursten würde, dann, wie der Regen ihr Haus ins Meer schwemmte und nichts mehr übrig ließ, als ein paar Steine …

Lisa glaubte zu hören, wie etwas an die Wand schlug, ein lautes Donnern und Pochen. War es jetzt soweit, dass der Sturm ihr Haus mitnahm? Oder war es nur der Fensterladen, der sich gelöst hatte und bereits seit Tagen regelmäßig an die Hauswand krachte? Wie lange liege ich schon hier, was ist das für ein Lärm? Ist das in meinem Kopf oder außerhalb? Lisa brauchte einige Minuten, um sich zu orientieren. Rief da jemand ihren Namen oder bildete sie sich das alles ein? Mit letzter Kraft richtete sie sich auf, dann sah sie ihn, tropfnass, vor sich stehen:

„Ich … ich hab geklopft, die Tür war offen …
dachte, ich schau mal nach dir …"

„Theo, Gott sei Dank!", mehr bekam Lisa nicht heraus, dann ließ sie sich wieder auf ihr Kissen fallen und
schlief erschöpft ein.

Theo, eigentlich Theodorakis, nach seinem griechischen Großvater benannt, war in Deutschland aufgewachsen und kam, so hatte man Lisa erzählt, erst mit
30 Jahren hierher. Seine Mutter war eine Deutsche,
sein Vater kam von hier, wie die beiden sich damals
kennengelernt hatten, wusste kein Mensch.

Überhaupt wusste hier kaum einer etwas über den
mittlerweile wohl rund 75 Jahre alten Theo. Er war
hier ein Sonderling, der aber immerhin toleriert und
in Ruhe gelassen wurde. Er war immer alleine, auch
bei seinen zahlreichen Streifzügen durch die Umgebung. Er kannte die Gegend in- und auswendig und
war daher dann ein gefragter Ansprechpartner, wenn
es darum ging herauszufinden, wie man am besten zu
Fuß von hier nach dort kam. Sehnig und durchtrai-
niert vom vielen Laufen, hatte Theo nie viele Worte zu
vergeben, er gab zwar bereitwillig in aller Kürze Auskunft, doch von sich aus, ging er nicht auf andere zu
oder suchte gar die Gesellschaft der anderen Menschen.

Lisa hatte ihn nie wirklich kennengelernt. Aber seit
Ihrer Ankunft hier hatte sie ihn immer wieder gesehen. Anfangs fand sie es sehr befremdlich, wenn er,

oben auf den Felsen stehend, sie beim Schwimmen beobachtete. Oder wenn er in regelmäßigen Abständen an ihrem Haus vorbeilief und solange stehen blieb, bis Lisa sich am Fenster oder vor dem Haus zeigte, um dann gleich weiterzugehen. Sie fühlte sich zunächst unangenehm beobachtet, doch seltsamerweise gewöhnte sie sich mit der Zeit daran, und nicht nur das, sie fühlte sich durch Theos Anwesenheit in der Ferne irgendwie beschützt. Und nun war der alte Mann sogar zu ihrem Lebensretter geworden!

Blinzelnd nahm sie die Umgebung wahr, sie lag in ihrem Bett, nackt, mit kühlenden Wickeln um die Waden und einem feuchten Tuch auf der Stirn. Eine halb leergetrunkene Tasse Tee stand auf dem Nachttisch, es roch nach irgendwelchen, ihr unbekannten Kräutern und jemand werkelte in Lisas Küche herum.

Langsam erinnerte sie sich, an das Unwetter, ihre Fieberträume, die gnadenlosen Kopfschmerzen, und an den Moment, als Theo tropfnass vor ihr stand.

„Besser?" Theo kam mit einem Teller Suppe zu ihr. Er stellte den Teller neben die Teetasse und meinte: „Alles aufessen und den Tee trinken, wird schon wieder! Ich gehe jetzt." Er drehte sich um und ging Richtung Türe.

„Theo!", rief Lisa, und ihre Blicke trafen sich zum ersten und letzten Mal. „Danke!"

Er nickte und ging.

2013

Die Besuche waren im Laufe der Zeit natürlich weniger geworden. Alle sind irgendwie mit ihrem Leben und ihrer Arbeit beschäftigt, dachte Lisa. Und ich bin hier alleine und schau aufs Meer und hoffe, dass die Antworten auf meine Fragen eines Tages an den Strand gespült werden und ich sie einsammeln kann, wie all die unzähligen kleinen Muscheln, die ich im ganzen Haus verteilt aufbewahre!

Auch nach stundenlangen Strandspaziergängen, konnte sie keine Antworten mit nach Hause bringen. Und doch hatte sie nach wie vor den Eindruck, hier richtig zu sein. Es gab zumindest keine Alternative!

Lisa hatte angefangen, ihre Gedanken regelmäßig aufzuschreiben. Schreiben ist mehr, als nur Gedanken in Worte zu fassen und sie dadurch bewusster wahrzunehmen, dachte sie. Schreiben ist wie miteinander reden, nur dass Erzähler und Zuhörer eine Person sind. Also erzähle ich mir, was ich wahrnehme, um zu verstehen, was ich dabei empfinde.

… jeden Tag nur mit sich selbst zu verbringen, ist nicht gerade leicht. Es gibt wenig, was man für seine Stimmungen verantwortlich machen könnte. Vielleicht das Wetter, oder die Wanderer, die hier gelegentlich vorbeikommen und blöde Fragen stellen. Tatsächlich aber ist es doch so, dass wenn man alleine ist, auch alles alleine zu verantworten hat. Abwehr und Rechtfertigung verlieren ihren Sinn, Ausreden bringen einen auch nicht weiter, man landet immer wieder bei sich selbst. Ob himmelhochjauchzend oder zu Tode betrübt, ganz egal wie auch die Stimmung gerade ist, hier lerne ich sie anzunehmen, zu akzeptieren, was ist, einfach: zu sein ...

Ja, die Fragen selbst liebhaben, um eines Tages in die Antworten hineinzuleben ... wieso konnte ich nie die Fragen an sich liebhaben, dachte Lisa. Warum suche ich nach Antworten, wohlwissend, dass ich sie jetzt eh nicht leben kann?

Lisa knipste das Licht aus. Draußen stand eine Person, gut 100 Meter von ihrem Haus entfernt. Es war Theo, er hatte seine Beobachtungsgänge nun auch noch durch abendliche Rundgänge erweitert. Die kleine Katze lag auf Lisas Schoß, Theo ging ums Haus, ich bin nicht alleine, dachte Lisa und ging zufrieden ins Bett.

Doch die nächste Sturzwelle brach sich bereits, und die dadurch erzeugte Energie wurde über Hunderte von Kilometern in Lisas Leben geschleudert.

Lisa schlief sofort ein, um dann, zwei Stunden später, jäh aus dem Schlaf gerissen, hellwach im Bett zu sitzen. Sie hatte geträumt. Sie wusste, es war ein schrecklicher Traum, ihr Herz pochte wie verrückt, aber sie konnte sich, auch mit größter Mühe, nur noch an einzelne Fragmente erinnern: Lisa und Marion flogen, einige Meter über dem Boden, durch die Luft. Sie freuten sich, dass sie fliegen konnten, aber dann stürzte Marion ab, plötzlich waren sie viel weiter oben und Marion fiel hunderte von Metern nach unten in einen Fluss und verschwand sofort. Lisa erinnerte sich, dass sie ihr folgen wollte, um sie zu retten, doch sie knallte gegen eine Wand aus Glas, es war alles rot, dann schwarz, und an den Rest konnte sie sich nicht mehr erinnern.

Lisas Herz setzte für einen Moment aus, sie konnte nicht richtig atmen, dann wurde ihr schwindlig. Mittlerweile hellwach, ließ sie sich wieder ins Bett fallen und wartete darauf, dass es aufhörte. Dann stand sie auf, ging in die Nacht hinaus und kam erst im Morgengrauen zurück.

Der Anruf von Rainer kam zwei Tage später.

„Hallo Rainer, schön deine Stimme zu hören, wie geht es euch?"

Stille.

„Rainer, hallo, bist du noch dran?"

„Marion ist … sie ist schwerkrank, Lisa", seine

Stimme brach. Unter Tränen berichtete Rainer ihr, dass die Ärzte Marion bereits aufgegeben hatten, Krebs im Endstadium.

„Kannst du dir das vorstellen? Einfach aufgegeben!"

„Ich komme, ich nehm' den nächsten Flieger!"

2014

Nachdem sie alles Notwenige in Windeseile organisiert hatte, saß Lisa nun am Flughafen und wartete auf das Boarding-Zeichen ihres Fluges. Die Welt um sie herum war wie in Watte gepackt, die Geräusche des Flughafenbetriebes drangen nicht bis zu ihr durch. Den Blick starr auf die Anzeigetafel gerichtet, konnte sie es zum ersten Mal seit drei Jahren nicht erwarten, von hier wegzukommen.

Der Anblick brach Lisa das Herz. Sie hatte sich das Schlimmste vorgestellt, Marion an zig Schläuchen hängend und von piepsenden Geräten umgeben, aber es war viel schlimmer. Sie hatten sie bereits in die Palliativabteilung verlegt, also tatsächlich aufgegeben, dachte Lisa, und ihr Herz machte einen Ruck. Du musst jetzt stark sein, redete sie sich immer wieder ein, aber als sie Marion da liegen sah, bleich wie der Tod, abgemagert und schwach, da brach alles aus ihr heraus und sie versagte jämmerlich. Anstatt für Marion da zu sein, ließ sie sich von ihrer schwerkranken Freundin trösten!

Sie hielten sich einige Zeit aneinander fest und Lisa wunderte sich darüber, dass ihre so schwach erscheinende Freundin einen so starken Griff hatte. Sie hat mit ihrem Leben abgeschlossen, dachte Lisa, und noch bevor sie den Gedanken zu Ende denken konnte, meinte Marion mit erstaunlich fester Stimme:

„Ich bin vorbereitet, Lisa. Ich hab es akzeptiert."

Marion, die Kämpferin, dachte Lisa. Selbst im Angesicht des Todes ist sie stärker als alle anderen. Was wird aus mir, wenn sie nicht mehr ist, augenblicklich schämte sie sich für diesen Gedanken.

„Ich bin so froh, dass du da bist. Kannst du bleiben bis ich …?"

Lisa wollte das Wort nicht hören und antwortete eilig. „Natürlich!"

„Es gibt da noch was, was ich dir sagen möchte, aber heute bin ich zu müde dazu. Die Schmerzmittel rauben mir meine letzte Kraft, aber ohne halte ich es auch nicht aus …" Marion versuchte ein Lächeln, dann schlief sie rasch ein.

„Sie hat es uns solange wie möglich verschwiegen. Sie musste schon seit einiger Zeit immer wieder starke Schmerzen gehabt haben, bis sie sich dann zu einer intensiven Untersuchung breitschlagen ließ. Zu mir hat sie danach gesagt, es wäre alles in Ordnung, und ich Depp habe es zu gern geglaubt …", berichtete Rainer, völlig am Ende.

Er hatte Lisa gegen ihren Willen überredet, bei ihnen zu wohnen und nicht ins Hotel zu gehen. Lisa hatte schließlich nachgegeben, sie wusste, Rainer konnte jetzt nicht alleine sein. Und so saßen sie nun an Marions und Rainers Küchentisch, beide ins Leere starrend, nach Erklärungen suchend …

„Sie wollte dich und Sara schützen, ich kann es nachvollziehen, ich glaube, ich hätte es an ihrer Stelle genauso gemacht."

„Das Schlimmste ist, dass ich nichts tun kann, ich bin verdammt dazu, zu warten, bis es soweit ist, wie krass ist das denn?" Rainers Augen waren vom vielen Weinen gerötet und geschwollen, und schon wieder liefen ihm Tränen über die Wangen.

Lisa stand auf, ging um den Tisch herum und legte ihre Arme um Rainer. Weinende Männer konnte Lisa noch nie aushalten, augenblicklich kamen auch ihr die Tränen.

In diesem Moment kam Sara nach Hause und als sie die beiden so sah, brüllte sie direkt drauflos: „Ach, ihr könnt es wohl kaum erwarten, dass sie tot ist, oder?"

Sie rannte stampfend nach oben und knallte ihre Zimmertüre laut krachend zu.

„Ich hasse euch alle!", schrie sie so laut, dass man es auch unten noch verstehen konnte und weinte dann verzweifelt ihr Kopfkissen nass.

Lisa und Rainer hielten sich einige Minuten so fest sie konnten. Dann lösten sie sich langsam voneinander. Rainer holte aus dem Kühlschrank einen Obstler und schenkte beiden großzügig ein.

„Ich hab solche Angst, Lisa. Kannst du bitte bleiben? Wir brauchen dich jetzt."

Lisa fühlte sich völlig überfordert, nickte aber wortlos. Dieser Welle bin ich nicht gewachsen, dachte sie. Lieber Gott, bitte lass mich sofort tot umfallen!

Doch stattdessen kam ein neuer Morgen, in dichte Nebelschwaden gehüllt. Man konnte bereits ahnen, dass sich früher oder später die Sonne durchkämpfen würde und ein wunderschöner Herbsttag bevorstand.

Lisa hatte keinen Sinn dafür, sie hatte eine schreckliche Nacht hinter sich und war froh, dass es endlich hell wurde und sie aufstehen konnte. Sie wollte so schnell wie möglich zu Marion ins Krankenhaus fahren, aber von unten hörte sie Porzellan auf Fliesenboden krachen und Sara laut vor sich hin schimpfen. Als sie in die Küche kam, sah sie, wie Sara zitternd und barfuß inmitten eines riesigen Scherbenhaufens stand.

„Rühr dich nicht vom Fleck!" Lisa suchte schnell einen Besen, und während sie um Sara herum kehrte, stand Sara regungslos, wie zur Salzsäule erstarrt, da. Einige Minuten herrschte absolute Stille.

Als Lisa die Kaffeemaschine einschaltete, hörte sie Sara sagen: „Es … es tut mir leid … ich meine das gestern Abend!"

„Ich weiß!" Lisa richtete zwei Tassen her. „Wo ist dein Vater?"

„Er hat heute Morgen noch eine Schlaftablette genommen …"

„Gut, dann lassen wir ihn schlafen. Ich fahre gleich zu deiner Mutter, kommst du mit?"

Als Lisa am nächsten Tag mit Klaus telefonierte und ihm alles berichtet hatte, merkte sie, wie gut ihr das tat, endlich mit jemandem über alles zu sprechen.

„… und bei den beiden zu wohnen, ich weiß nicht, es fühlt sich irgendwie nicht richtig an. Gleichzeitig scheint es notwendig zu sein, vor allem für Sara. Sie braucht jetzt jemanden, der sich um sie kümmert, und wenn es nur jemand ist, an dem sie ihre Wut rauslassen kann …"

„Ich komme so schnell wie möglich, vielleicht bekomme ich heute Abend noch einen Flug …" Klaus war im Ausland auf Geschäftsreise und versuchte nun, einen früheren Rückflug zu organisieren.

„Mach das, es geht dem Ende entgegen. Sie ist zwar tapfer und möchte auf alle Fälle noch ihren Geburtstag erleben. Aber mir geht langsam die Kraft aus. Wie kann man sich auf den Tod eines geliebten Menschen vorbereiten?"

Als Lisa aufgelegt hatte, erinnerte sie sich, warum auch immer, an das letzte Gespräch mit Klaus vor einigen Wochen. Ihr war sofort seine veränderte Stimme aufgefallen. Sie war so heiter und zuversichtlich, eben ganz anders als sonst. Das war doch schon mal so, dachte sie. Und dann wurde es ihr schlagartig klar: das letzte Mal, als er so mit ihr sprach, hatten sie sich gerade kennengelernt.

Klaus hatte sich also verliebt? Lisa hatte innerlich einen Ruck gespürt, wie wenn sich etwas neu sortieren und zusammensetzen muss. Aber irgendwie hatte sie sich auch für ihn gefreut. Jetzt dachte sie, gut, dass er jemanden hat, der für ihn da ist, wenn er zurückkommt.

Sie verscheuchte die Erinnerungen, packte das alte Fotoalbum und ihren Laptop ein und fuhr zu Marion. Als sie ins Zimmer kam, saß Marion auf dem kleinen Sofa am Fenster. Sie hatte ihre Lesebrille auf, die ihr ein wenig nach unten gerutscht war, und ein Foto in der Hand. Sie war kurz eingenickt, aber als Lisa reinkam, war sie sofort wieder hellwach.

„Hallo Lisa, gut dass du kommst. Ich schlaf ständig ein, sobald ich allein bin, und ich will doch meine letzten Tage nicht auch noch verschlafen … Schau mal, Sara an ihrem sechsten Geburtstag! Weißt du noch, sie hatte sich geweigert, die Kerzen auf dem Kuchen auszublasen, weil sie warten wollte, bis die Kerzen ihr Leben von selbst beenden. Als wir darüber lachen mussten, hat sie uns ganz ernst angeschaut und gesagt, das sei nicht lustig, ich weiß es noch als wäre es erst gestern gewesen."

„Ja, stimmt, und schau mal, sie hatte ja damals schon diese Falte zwischen den Augenbrauen gezogen, wie sie es heute noch macht, wenn sie sich über etwas ärgert." Lisa dachte an die Situation von vorgestern, was hatte Sara nur veranlasst, so zu reagieren?

„Du hast alte Fotos dabei?"

„Ja, die von früher auf dem Laptop und die von ganz früher hier drin." Lisa zeigte auf das Fotoalbum. Sie machten es sich auf dem kleinen Zweisitzer bequem, erzählten sich Geschichten von früher und schwelgten in Erinnerungen.

„Weißt du …", meinte Marion nachdenklich, „… ich dachte immer, ich werde mindestens 90 Jahre alt. Da habe ich mich wohl getäuscht. Wer weiß, wofür es gut ist. Wenn ich jetzt zurückschaue, hab ich doch so Einiges erlebt, und mit dem Wissen, dass es keine Zukunft mehr gibt, fühlt sich das Vergangene deutlich intensiver an, fast so, wie wenn ich 90 Jahre gelebt hätte!"

Eine Krankenschwester kam herein und bedeutete Lisa, dass sie nun gehen sollte.

„Also dann, bis morgen, ja?"

„Ja klar, keine Angst, ich werde da sein", lächelte Marion schwach.

Marion starb drei Tage später, am Abend ihres 51. Geburtstages. Sie hatte durchgehalten, so wie sie es geplant hatte. Und sie hatte darauf bestanden, ihren Geburtstag zu feiern, mit Sekt und Kuchen! Sara und Lisa hatten ihr eine Geburtstagstorte gebacken, auf Saras Wunsch hin natürlich ohne Kerzen. Es war ein wunderschöner Herbsttag gewesen. Marion wollte draußen sitzen, aber sie war inzwischen so abgemagert und schwach, dass sie nicht mehr selbstständig stehen, geschweige denn auf den Balkon laufen konnte. Rainer und Lisa trugen sie raus und schauten sich dabei an, beide erschraken, wie leicht sie war.

Was wünscht man einem sterbenskranken Menschen zum Geburtstag? Sie stießen mit ihren Gläsern an und keiner wusste so recht, was er sagen sollte. Marion rettete die Situation, indem sie das Wort übernahm.

„Ich stoße auf euch an, schön, dass ihr alle da seid und mit mir meinen Geburtstag feiert. Prost, auf das gelebte Leben!"

Marion leerte ihr Glas in einem Zug, danach stopfte sie ein Stück Torte in Windeseile in sich hinein. „Mhm, lecker!"

Lisa wusste, dass sie nichts schmeckte, sie hatte ihren Geschmackssinn bereits verloren. Doch Rainer und Sara sollten davon nichts mitbekommen.

Kaum hatte Marion den letzten Bissen unten, wurde sie schlagartig noch bleicher als sie ohnehin schon war und übergab sich auf das kleine Tischchen vor ihr, auf dem die Torte stand. Die herbeigerufene

Krankenschwester schickte alle zornig nach draußen, weil sie bereits im Vorhinein darauf hingewiesen hatte, dass Sekt und Kuchen keine gute Idee waren.

Lisa erinnerte sich an die letzten Stunden mit Marion, die ihr wie in einer Endlosschleife, auch noch Tage nach ihrem Tod, ständig durch den Kopf gingen. Ihr direkter, offener Blick, ihre gnadenlose Ehrlichkeit. Marion musste ihr gegenüber nicht die Starke spielen, sie musste ihr nichts vormachen. Sie wussten es beide.

„Ich werde heute sterben, Lisa. Ich spür das irgendwie, ich hab vorhin schon vom Tod geträumt, ich glaube, es ist gar nicht so schlimm. Immerhin besser als das hier ..." Marion sah an sich hinunter. „Ich seh ja schon aus wie eine Leiche!"

Lisa rutschte näher ans Bett heran und nahm Marions Hand. Sie war kalt und schwach.

„Lisa, ich weiß, dass du und Rainer euch sehr nahesteht und ich weiß auch, dass ihr damals was miteinander hattet. Es ist alles lange her und jetzt spielt das ja eh keine Rolle mehr, aber ... ich glaube, Sara hat Rainer und mich damals belauscht, als wir uns deswegen gestritten hatten. Ich weiß nicht, was genau sie mitbekommen hat, aber du kennst sie ja ... sie nimmt die Dinge doch so schwer."

„Du ... du weißt es! Seit wann?

„Ach Lisa, du kennst ihn doch. Er konnte es keine zwei Tage vor mir verheimlichen ..."

Lisa sprang auf, sie konnte nicht mehr sitzen und lief aufgeregt im Zimmer umher. Sie suchte nach den richtigen Worten.

„Lisa, vergiss es, keine Rechtfertigung, keine Entschuldigung, bitte! Letztendlich bin ich doch jetzt dankbar dafür. Er braucht dich jetzt, mehr denn je. Bitte versprich mir, dass du dich um ihn kümmerst. Und um Sara, auch wenn sie es dir wahrscheinlich sehr schwer machen wird ... bitte, Lisa!"

Sie sahen sich beide lange in die Augen. Lisa fand keine Worte, sie nickte benommen, sie fühlte sich schlecht und schuldig, dann sackte sie auf den Boden, verbarg ihr Gesicht in ihren Händen und weinte lautlos, während Marion erschöpft einschlief.

Lisa erinnerte sich, wie sie mit Rainer und Sara dann etwas später, nachdem alle anderen sich für heute verabschiedet hatten, um ihr Bett standen und nicht recht wussten, was sie tun sollten, aber keiner den Raum verlassen wollte. Bis Marion dann anfing, allen eine Aufgabe zu geben. Rainer sollte ihr einen Tee holen, Sara ihre Lieblingszeitschrift, damit sie die bevorstehende schlaflose Nacht aushalten konnte, und Lisa sollte bei den Pflegern das Abendessen umbestellen. Lisa und Marion warfen sich einen wissenden Blick zu, dann sorgte Lisa dafür, dass Marion in Ruhe gehen konnte.

Wir leben alleine und wir sterben alleine, dachte Lisa. Das Leben erscheint einem endlos, bis es von der Endgültigkeit des Todes beendet wird.

Sie erinnerte sich an die Angst, die sie hatte, Marions Zimmer wieder zu betreten. Sie hatte minutenlang die Hand auf dem Türgriff liegen, bis sie so stark zitterte, dass sie die Tür nicht mehr aufbekam.

Man kann sich einfach nicht darauf vorbereiten. Die Wirklichkeit knallt einem den Tod mit einer solchen Wucht entgegen, dass man glaubt, daran kaputt zu gehen. Wenn es soweit ist, ist gefühlt alles anders und doch erschreckend gleich.

Das Leben geht weiter, Lisa hasste diesen Satz und wusste doch, dass es so ist. Sie konnte Marion nicht loslassen und war ab sofort im ständigen Zwiegespräch mit ihr, jede ihrer Entscheidungen, jeder Gedanke wurden mit „Was würde Marion dazu sagen?" überprüft. Das gab ihr eine bis dahin nicht gekannte Kraft, ohne die sie die nächsten Tage und Wochen wohl nicht überstanden hätte.

Doch wäre es nur nach Lisa gegangen, hätte sie gleich nach der Beerdigung ihre Koffer gepackt und wäre zurück in ihr Häuschen gegangen. Sie sehnte sich nach Ruhe und Einsamkeit. Nach dem gleichmäßigen Rauschen des Meeres. Nach ihren Katzen und nach einem wie Theo, der aus der Ferne auf sie Acht gab. Das hier war nicht mehr ihr Leben. Doch was würde Marion dazu sagen? Die Antwort war klar und Lisa blieb.

Die Tage nach der Beerdigung waren die schlimmsten. Es herrschte Totenstille im Hause Hauser-Hagen. Sara sprach kein Wort mehr und war noch ernster und abweisender als sonst. Oft sperrte sie sich stundenlang in ihrem Zimmer ein. Weder Lisa noch Rainer kamen an sie ran. Für Rainer war das wie ein Schlag ins Gesicht, er hatte das Gefühl, beide verloren zu haben und zerbrach fast daran. Sein Immunsystem versagte und er fing sich eine schwere Grippe ein.

Und Lisa funktionierte, übernahm mehr und mehr eine Rolle, die nicht die ihre war und lebte in einem Haus, das an allen Ecken und Enden an Marion erinnerte.

Wie konnten wir nur jahrelang keinen Kontakt haben, wie konnte ich das zulassen und einfach weiterleben und so tun, als hätten wir noch ewig und unbegrenzt Zeit? Verschenkte Jahre! Ich war damals so beschäftigt, mit Dingen, die ich nicht mehr habe und Menschen, die längst andere Wege ohne mich gehen, dass ich Marion einfach aus meinem Leben verdrängt habe. Für manche Dinge gibt es definitiv keine zweite Chance im Leben. Wie würde man wohl leben, wenn man vorher genau wüsste, wann es zu Ende ist?

Würde man alle Chancen ergreifen, immer das Wichtige im Blick haben? Oh Marion, dachte sie, ich werde es wiedergutmachen, ich kümmere mich um die beiden, versprochen.

Lisa gab sich alle Mühe, wollte sein, was sie nicht sein konnte. Sie wollte da sein, für beide. Doch Sara ignorierte Lisa und sprach freiwillig kein Wort mit ihr. Wenn Lisa Vorschläge machte, reagierte sie muffig und abweisend. Vielleicht muss ich einfach nur abwarten, irgendwann muss all das Angestaute doch raus aus ihr, damit sie endlich trauern kann, dachte Lisa.

Mit Rainer war es nicht viel leichter. Er erholte sich zwar langsam von seiner Grippe und sie saßen nun öfter wieder beisammen und tranken Tee oder Wein, doch ihnen fehlten die Worte. Sie unterhielten sich über Belangloses, konnten sich dabei kaum in die Augen schauen. Er frisst alles in sich hinein, genauso wie seine Tochter, dachte Lisa. Unsere Liebe steht zwischen uns, hält uns auf Abstand, weil nicht sein kann, was nicht sein darf. Doch die Gefühle bahnen sich ihren Weg, ob sie erwünscht sind oder nicht. Lisa versuchte sich im Verdrängen, was tagsüber gut gelang, nachts allerdings lag sie oft stundenlang wach, geplagt von Ängsten und Schuldgefühlen.

Einige Wochen später, verkündete Sara, dass sie ihr Studium schmeißen und zu Freunden nach Berlin ziehen werde. Heimlich hatte sie bereits alles in die Wege geleitet, ihre Koffer waren gepackt.

„Welche Freunde hast du denn in Berlin?", fragte Rainer vor Schreck erstarrt.

„Freunde eben, Bekannte, kennst du nicht!"

„Und was willst du in Berlin machen?"

„Erst mal jobben und dann werde ich weitersehen. Hier bleibe ich auf keinen Fall, meine Entscheidung steht!"

Lisa überlegte noch, ob sie sich hier einmischen sollte, doch bevor sie zu Ende gedacht hatte, platzte es schon aus ihr raus:

„Sara, bitte tu das nicht. Nicht jetzt!"

Sie bereute es sofort, aber es war zu spät. Sara schrie sie an:

„Und du hast mir überhaupt nichts zu sagen. Du bist nicht meine Mutter, und überhaupt bin ich längst erwachsen und kann tun was ich will! Lasst mich einfach in Ruhe, das hier kotzt mich an, ihr kotzt mich an!"

Wutentbrannte Blicke trafen Rainer und Lisa, die beide völlig verdattert am Tisch saßen, dann rannte Sara raus, knallte die Tür zu, sodass Lisa meinte, schon das Glas zerspringen zu hören. Sie hörten noch Saras Schritte nach oben und danach das Schlagen der Haustüre, dann herrschte eine schier unerträgliche Stille im Haus.

2015

Lisa saß auf der Holzbank vor ihrem Häuschen und versuchte, sich auf das Rauschen der Wellen zu konzentrieren. Stattdessen kamen erneut die Erinnerungen an die Zeit nach Marions Tod hoch. Wieder und wieder holten sie diese Bilder ein:

Wie Sara das Haus ohne ein weiteres Wort verließ, wie Rainer daran vollends zerbrach und depressiv wurde und Lisa kurz vorm Nervenzusammenbruch war. Es dauerte weitere vier Monate, bis Rainer endlich bereit war, eine Therapie zu machen und Lisa dies zum Anlass nahm, endlich wieder zurück auf die Insel zu gehen.

Die erste richtige Entscheidung seit Marions Tod, dachte Lisa. Auch wenn ich mein Versprechen nicht halten konnte!

Sara ging damals, ohne eine Adresse oder wenigstens eine Telefonnummer zu hinterlassen. Alle Versuche, Kontakt mit ihr aufzunehmen, endeten erfolglos. Erst ging sie nicht ans Handy, dann hatte sie ihre Nummer geändert oder benutzte ein anderes Telefon. Lisa und Rainer hatten alles versucht, doch sie war wohl bei irgendwelchen Leuten, die sie nur flüchtig kannte, untergeschlüpft. Rainer hatte bei Saras Freunden unzählige Male nachgehakt, doch auch Saras beste Freundin wusste entweder nichts oder wollte nichts sagen. Einige Tage später kam ein Brief ohne Absender mit Saras Handschrift:

Papa,
ich möchte im Moment weder mit dir noch mit Lisa Kontakt haben. Lasst mich und meine Freunde endlich in Ruhe! Es geht mir gut hier und ich melde mich, wenn ich es für richtig halte!
Sara

Als Rainer Lisa damals mit zitternden Händen den Brief zu lesen gab, zog es ihr den Boden unter den Füßen weg, ihr Herz raste und ihre Gedanken waren bei Marion: Sorry, ich hab's verbockt! Ich wollte alles richtig machen und hab nur das Falsche getan …

Sie sah aufs Meer hinaus und konzentrierte sich auf ihren Atem. Es half ihr, sich zu beruhigen und die endlosen Gedankenketten zu unterbrechen. Wehmütig erinnerte sie sich an ein Gespräch mit Marion. Es war kurz nachdem sie beide 40 Jahre alt geworden waren und über das Altwerden sinnierten.

„Jetzt sind wir beide wohl so ungefähr in der Mitte unseres Lebens angekommen, oder?" Marion sah Lisa dabei fragend an.

„Ja, und ab jetzt machen wir einfach nur noch das,

was wir wirklich wollen, okay?"

„Sehr okay, und nichts und niemand bringt uns mehr auseinander, prost Lisa!"

„Prost, auf unser Leben!"

Ach, Marion, dachte Lisa, während die kleine Katze auf ihren Schoß kroch, ich vermisse dich so sehr. Auf dem Steilfelsen sah sie Theo sitzen, er konnte sie nicht sehen, aber sie prostete ihm zu. Auf Marion!

Hier auf der Insel fand Lisa allmählich wieder ihren eigenen Rhythmus und konnte endlich in aller Ruhe um Marion trauern. Nirgendwo anders möchte ich mehr leben und hier möchte ich auch sterben. Das hier ist mein Platz, dachte sie. Jeder trauert auf seine Weise, Rainer musste erst krank werden, um dann in einem mühsamen und langwierigen Prozess zu akzeptieren was ist. Und Sara? Lisa hoffte, dass sie einen Weg finden würde, ihre Wut und Enttäuschung zu überwinden. Sie wäre so gern für Sara dagewesen, hätte alles für sie getan, was in ihrer Macht stand. Doch anscheinend brauchte Sara gerade etwas ganz anderes, etwas, was Lisa ihr nicht geben konnte. Etwas, von dem sie keine Ahnung hatte. Lisa erinnerte sich, wie Marion immer wieder darüber klagte, dass sie Sara einfach nicht verstehen konnte, nicht an sie herankam. Lisa ging es nun genauso, sie konnte Saras Verhalten einfach nicht nachvollziehen, und es fiel ihr verdammt schwer, mit dieser Abweisung zu leben. Es verging kein Tag, an dem sie nicht an Sara dachte und ihre Wünsche ins Universum sendete, sie möge sich wieder zurückmelden. Die Hoffnung stirbt zuletzt, dachte Lisa und sah den Satelliten beim Kreisen zu. Sara, bitte melde dich, lass es nicht so enden …!

Lisa ergab sich, jeden Tag ein bisschen mehr. Dem Leben hingeben, zulassen, dass die Ecken und Kanten runder werden, annehmen, hinnehmen, was ist. Was für eine Aufgabe! Älterwerden ist wirklich nichts für Feiglinge. Wenn die im Kindesalter mühsam aufgebauten Mauern zerfallen, weil sie ausgedient haben, bleibt nur noch, was tatsächlich da ist. Die Enttäuschung ist groß, viel bleibt da erst mal nicht. Doch das, was da ist, kann nun wachsen, weil es Raum bekommt und Aufmerksamkeit.

Die Wochen und Monate vergingen und Lisa übte sich darin, sich ins Leben zu fügen. Marion war in Gedanken ihre ständige Begleiterin. Sara blieb verschollen und Rainer kämpfte unermüdlich gegen seine Depressionen an.

Dann kam der Anruf von Klaus.

„Hallo Lisa, wie geht es dir?"

Lisa hörte es an seiner Stimme. So klang er nur,

wenn er unsicher war.

„Was ist passiert?"

„Nun, Andrea ist …"

Andrea war Klaus' Freundin, sie waren schon seit über einem Jahr zusammen. Lisas Vermutung, dass Klaus verliebt war, hatte sich kurze Zeit später bestätigt, als Klaus es Lisa von sich aus erzählte. Sie dachte, das ist doch völlig normal, ich kann nicht von ihm erwarten, dass er so einsam lebt wie ich, er ist einfach nicht der Typ dazu. Dennoch war die Nachricht für Lisa wie ein Schlag ins Gesicht, da half auch kein noch so gutes Argument.

„Was ist mit Andrea?"

„Sie ist … sie ist schwanger. Ich wollte es dir selbst sagen, ich möchte nicht, dass du es über andere erfährst. Ich … Lisa, bist du noch dran?"

Das saß und ging tief. Lisas Herz setzte für einen Moment aus, ein Zustand, an den sie sich mittlerweile gewöhnt hatte. Aber an diese Nachricht konnte sie sich gerade nicht gewöhnen. Tausend Gedanken gingen ihr durch den Kopf und sie fühlte sich so abgehängt und verlassen wie nie.

„Du gründest also eine Familie … und wirst einer dieser grauhaarigen Väter, über die wir uns immer lustig gemacht haben?"

„Ja, so sieht's aus, ich hab das nicht geplant, es ist einfach passiert, aber ich …", Klaus traute sich nicht, den Satz zu beenden.

„Aber du freust dich drauf, ich weiß. Ich wollte, ich könnte mich auch für dich freuen, aber im Moment geht das nicht. Ich wünsch euch viel Glück. Ich leg jetzt auf, ich muss das erst mal verdauen! Und ... danke, dass du es mir persönlich gesagt hast, Tschüs."

Lisa fiel der Hörer fast aus der Hand.

Ihr wurde schwindlig, vorsichtig setzte sie einen Fuß vor den anderen und ging hinaus zum Strand, sie musste jetzt das Meer spüren. Sie zog sich aus und ging ins eiskalte Wasser. Die Wellen schwappten über sie hinweg, sie kam sich vor wie ein Stück Treibholz, bewegungs- und willenlos trieb sie einige Minuten lang im Wasser. Dann hielt sie die Kälte nicht mehr aus und rannte zurück zum Haus. Eingehüllt in eine warme Decke spürte sie das Blut durch ihren Körper pulsieren. Der Schwindel war weg und ihr Verstand wieder klar. Sie dachte an Stefan und an Klaus, wie sie sich kennengelernt hatten und wie sie sich verliebt hatte, erst in den einen Bruder, dann in den anderen ... Und nun sind beide mit einem Leben beschäftigt, indem sie keine Rolle mehr spielt.

Alles ist gut, beruhigte sie sich, mein Leben spielt sich hier ab und ich hab noch was gutzumachen. Marion, ich habe mein Versprechen nicht vergessen.

Die Winterstürme zerrten an Lisas Haus. Sie bangte um das Dach, es machte keinen stabilen Eindruck mehr, sie hoffte sehr, es würde halten, wenigstens noch diesen Winter! Jetzt würde sie keinen Handwerker bekommen, um diese Jahreszeit zogen sich die Leute zurück und verließen ihre Häuser nur, wenn es unbedingt sein musste. Die meisten Straßen waren ohnehin unpassierbar, vom Regen unterspült und in den Bergen lag sogar Schnee. Auch Lisas Katzen blieben nun die meiste Zeit im Haus und genossen die Wärme des Ofens. Lisa wusste, es würde nicht mehr lange dauern und das Schlimmste wäre überstanden. Sie nutzte die Zeit zum Schreiben. Unter anderem seitenlange, nicht abgeschickte Briefe an Sara, die sie nach Datum sortiert in einer alten Zigarrenschachtel ablegte. Mails an Rainer, auf die er mit ausführlichen Berichten über seine Erfolge und Misserfolge im Kampf gegen seine Depressionen antwortete. Er berichtete ihr auch, was er alles unternommen hatte, um Sara ausfindig zu machen, aber leider ohne Erfolg. Es macht ihn kaputt, dachte Lisa, und mich auch.

Ich will nicht ... ich werde dich nicht aufgeben, Sara! Lisa hatte angefangen für Sara ein Fotoalbum zu erstellen, ganz altmodisch, mit handgeschriebenen Texten zu allen Fotos, so war sie in Gedanken immer mit ihr verbunden. Oft redete sie dabei laut vor sich hin und erklärte die Zusammenhänge, wie wenn Sara neben ihr sitzen würde. Ich bin allein, ich kann so lange vor mich hinreden, wie ich möchte, dachte sie.

Von Rainer hatte sie alle möglichen Fotos bekommen, auch einige, die sie überhaupt nicht zuordnen konnte. Dann saßen sie an ihren Laptops und Lisa hielt ihm die fraglichen Bilder vor die Webcam, um zu klären, wer da wann abgelichtet wurde.

„Oh, das sind Marions Eltern. Leider sind sie schon viel zu früh gestorben … Für Sara wäre es sicherlich hilfreich gewesen, Großeltern zu haben, aber sie hat sie nicht mehr erlebt, und meine Eltern haben zum Großelternsein auch nicht wirklich getaugt…", kommentierte Rainer das Foto, das ihm Lisa gerade vor den Bildschirm hielt.

„Ja, das hätte ich auch gerne gehabt. So eine Oma, zu der man immer kommen kann, die einen auf den Schoß nimmt und in ihren Armen hält, wenn es einem schlecht geht … das hatte ich leider auch nicht", meinte Lisa wehmütig.

„Es ist schön, dass du das für Sara machst. Hoffentlich wird sie es auch einmal anschauen können!"

„Bestimmt, irgendwann. Schau mal, wer ist denn das?"

„Oh Gott, ich kann nicht glauben, dass ich dir das wirklich geschickt habe, ich schau schrecklich aus!"

„Der Haarschnitt war damals todschick", bemerkte Lisa ironisch. „Du, da sind noch jede Menge Fotos, die ich zeitlich nicht wirklich zuordnen kann. Das wird noch einiges an Zeit in Anspruch nehmen!"

„Apropos Zeit, ich könnte doch kommen und dir helfen, was meinst du?"

Lisa schluckte, das kam sehr überraschend, aber es fühlte sich gut an. „Ja, kannst du denn jetzt so einfach weg?"

„Also, mein Therapeut meinte, eine Pause könnte nicht schaden, damit ich mal eine Zeit lang erproben kann, wie es ohne therapeutische Begleitung ist ... und überhaupt, ich würde dich gerne mal wiedersehen!"

„Ja, ich dich auch!", hörte Lisa sich sagen.

2016

Die Zeit heilt keine Wunden. Es ist wohl eher so, dass man sich an den Schmerz gewöhnt und ihn deswegen nicht mehr so stark wahrnimmt. Und, gemeinsamer Schmerz ist auch nicht geteilter Schmerz. Seltsamerweise fühlt es sich irgendwie nur beruhigend an zu wissen, dass der andere den gleichen Schmerz empfindet.

Lisa und Rainer versuchten verzweifelt, den Schmerz und das schlechte Gewissen des anderen zu lindern. Sara blieb verschollen, und jeden Tag hofften die beiden erneut, sie würde sich plötzlich zurückmelden.

Als Rainer bei ihr vor der Türe stand, empfand Lisa zwei starke Gefühle auf einmal: Eine riesige Freude und ein mindestens gleich großes Unwohlsein. Was würde Marion wohl dazu sagen, kam ihr in den Sinn, und die Antwort war ziemlich klar.

Doch als sie seine Umarmung spürte, wollte sie diese nur noch genießen und verdrängte alle anderen Gedanken. Sie freuten sich beide so gigantisch über ihr Wiedersehen. Und obwohl sie regelmäßig Kontakt gehabt hatten, hatten sie sich jetzt so Vieles zu erzählen, dass sie oft bis spät nach Mitternacht noch bei einem Glas Wein zusammensaßen und redeten.

Tag und Nacht verbringen wir zusammen, dachte Lisa, ich hätte nie geglaubt, dass ich so etwas überhaupt noch kann. So viel Nähe und Intimität, und ich bin immer noch begierig auf mehr davon.

Doch als dann all die aufgestaute Liebe ausgetauscht war, alle Worte gesagt und gehört und die Fotoalben für Sara fertig waren, bemerkte Lisa, dass Rainer klammerte. Plötzlich begann er von ihrer gemeinsamen Zukunft zu reden, von Möglichkeiten des Umbaus im Haus, von „uns" und „wir". Es fühlte sich für Lisa nicht richtig an und es wurde ihr plötzlich zu eng, viel zu eng. Und ein neuer Gedanke machte sich in ihr breit: Wenn Sara sich je zurückmelden und zu ihr kommen würde, dann nur, wenn sie hier alleine auf sie wartete. Von nun an lag Lisas ganzes Bestreben darin, Sara wiederzusehen und wenigstens ein bisschen von dem, was geschehen war, wiedergutzumachen.

„Ich versteh dich nicht, willst du denn dein ganzes Leben alleine sein?" Rainer war schockiert und fassungslos.

„Ja, ich weiß, du verstehst das nicht und das musst du auch nicht. Es geht auch nicht um mein ganzes Leben, sondern nur um die mir noch verbleibende Lebenszeit. Mein Platz ist hier – deiner ist woanders!"

Rainer schüttelte ungläubig den Kopf. „Und ich dachte, du hast dich auch in mich verliebt. Was war das denn dann, alles ein großes Schauspiel, oder was?"

Rainer reagierte wie immer, wenn er verletzt wurde, trotzig und beleidigt. Lisa kannte das, Marion hatte ihr oft ihr Leid darüber geklagt: Dann redet er wieder tagelang kein Wort mehr mit mir und ich habe zwei kleine Kinder zu Hause! Lisa erinnerte sich, wie sie mit Marion bei ihr in der Küche gesessen hatten und sich über ihre Männer austauschten ... und alles fühlte sich schlagartig noch viel falscher an als vorher.

„Kein Schauspiel, alles echt und dennoch nicht so, wie du es erwartet hast. Es tut mir leid, ich hatte nicht vor, dich zu verletzen."

Rainer stand da und sah sie völlig entgeistert an. Er verstand die Welt nicht mehr. Er hatte alles schon geplant. Den Verkauf seines Hauses, seinen Umzug auf die Insel zu Lisa, ihre gemeinsame Zukunft, vielleicht die Rückkehr von Sara. Und ja, vielleicht sogar dann ein Leben zu dritt?

Mitten in der Nacht packte er heimlich und leise seine Sachen zusammen und verschwand. Lisa hörte die Türe ins Schloss fallen und ihr Herz hörte für einige Sekunden auf zu schlagen.

Lisa hatte den Brief von Rainer nun schon zum dritten Mal gelesen und konnte es nicht fassen. Sie hatte mehrfach versucht, ihn nach seinem Verschwinden telefonisch zu erreichen, aber er ging nicht ans Telefon und meldete sich nicht zurück. Fünf Monate später bekam sie diesen Brief von ihm.

Liebe Lisa,

ich habe mich nicht gemeldet, weil ich Ruhe brauchte. Ruhe, um in mich zu gehen und zu spüren, was jetzt für mich ansteht. Ich bin schon sehr verliebt in dich, aber mir ist auch klar geworden, dass wir uns gegenseitig retten wollten, was natürlich nicht wirklich funktionieren konnte. Deine klare Ansage war hart für mich, aber ... jetzt kann ich das so sehen, auch notwendig!

Es hat etwas gedauert, dafür weiß ich jetzt, was ich tun werde. Früher habe ich immer davon geträumt, durch die Welt zu reisen, ohne konkretes Ziel und solange, wie es eben dauern wird. Das werde ich jetzt nachholen. Ich kann und will nicht mehr hoffend und jammernd jeden Tag darauf warten, dass Sara sich vielleicht zurückmeldet, ich kann einfach nicht mehr ...

Ich habe gekündigt, das Haus verkauft und auch sonst alles Notwendige abgeschlossen, damit ich es hinter mir lassen kann. Wenn du diesen Brief liest, bin ich bereits auf dem Weg nach Südamerika. Ich werde, soweit möglich, alle paar Wochen meine Mails checken, ansonsten bin ich nicht erreichbar. Das muss man alles nicht verstehen, ich verstehe es ja selbst nicht. Ich habe einfach das Gefühl, dass es notwendig ist.

*Lisa, ich wünsche dir alles erdenklich Gute – in Gedanken
werde ich oft bei dir sein!
Dein Rainer*

Lisa spürte einen unangenehmen Druck in der linken Brust, wie so oft in letzter Zeit. Sie kraulte der kleinen Katze auf ihrem Schoß den Nacken und genoss die Wärme und Sanftheit, die sie ausstrahlte. Ich muss noch etwas zu Ende bringen, solange muss ich auf alle Fälle noch durchhalten, sagte sie zu sich selbst. Wohlig schnurrend sah die Katze sie an. Ja, auch für dich, meine Süße.

2018

In 10 Minuten beginnt das neue Jahr! Lisa stand an der Bar der kleinen Kneipe im Dorf. Hier gab es seit einigen Jahren immer eine kleine Silvesterparty für die einsamen Einheimischen und die hier „Hängengebliebenen", wie sie selbst eine war, die meisten waren Deutsche oder Holländer. Auch einzelne Touristen, die den Winter hier verbrachten, was Lisa nie so recht nachvollziehen konnte, waren dabei. Lisa war hier angekommen, sie kannte die meisten, und mit einigen wenigen war sie auch befreundet.

Karin kam mit einem Glas Sekt auf sie zu.

„Gleich ist es soweit, wirst du das alte Jahr vermissen?"

„Nein, nicht wirklich, tatsächlich freue ich mich auf 2018, ich weiß nicht warum, aber ich bin freudig erregt und gespannt auf das, was kommen wird!"

Lisa war seit Wochen in Hochstimmung, es ging ihr richtig gut, obwohl die Umstände nicht dafürsprachen. Alles ging ihr leicht von der Hand, auch das Schreiben. Mit jeder Seite, die sie schrieb, löste sich gefühlt ein weiteres der viel zu lange herumgeschleppten Päckchen. Sie verlor an Gewicht, körperlich, vor allem aber auch seelisch. Es gelang ihr immer öfter, ganz bei sich zu sein und die Dinge, die in der Welt passierten, einfach hinzunehmen, um sie dann gelassen an sich vorüberziehen zu lassen.

„Prosit Neujahr! Néo Étos!"

Alle fielen sich in die Arme und prosteten sich zu. Es war eine wunderschöne, lockere Atmosphäre, Lisa genoss jeden Augenblick. Es wurde eine lange Nacht, die einen spielten Karten, um ihr Glück herauszufordern, andere tanzten oder redeten und lachten, bis es endlich hell wurde.

Im Morgengrauen ging Lisa leicht und beschwingt nach Hause. Auf halbem Weg sah sie Theo in einiger Entfernung seine Runde drehen. Alles ist gut, sagte sie zu sich selbst und fiel, im Haus angekommen, todmüde ins Bett.

Der Frühling war hier eigentlich die schönste Zeit. Oft kam er schnell und heftig und man konnte meinen, dass über Nacht alle Blumen auf einmal erblühten. Die Luft war klar und angenehm mild, und das Meer erwärmte sich jeden Tag mehr. Lisa begann wieder mit ihren morgendlichen Schwimmrunden und verbrachte viel Zeit am Strand oder mit stundenlangen Wanderungen durch die Blütenmeere.

Aufbruchsstimmung, überall, dachte Lisa, und schaute ins blaugrüne Wasser, das in sanften Wellen an den Strand schwappte.

Als sie nach Hause kam, sah sie gerade noch ein Taxi in Richtung Dorf wegfahren. Was ist hier los, dachte sie, als sie die kleine Reisetasche auf der Holzbank vor ihrem Haus erkannte. Völlig verwirrt rannte sie die letzten Meter zum Haus und sah eine Frau um ihr Haus laufen. Als diese sich umdrehte, blieben beide abrupt stehen, es vergingen einige Sekunden, bis Lisa sich gefasst hatte.

„Sara!?"

Sara sagte nichts, ihr Blick war starr auf Lisa gerichtet, ihr Gesicht wie versteinert.

„Sara … du bist da!" Lisa wollte am liebsten explodieren vor lauter Freude, wollte sie in die Arme nehmen, aber Sara wandte sich von ihr ab und ging ein paar Schritte zurück.

Sara sah sie wütend an. „Ja, stell dir vor, ich bin hier, weil ich kein Zuhause mehr habe, weil in unserem Haus jetzt andere Leute wohnen … wo ist mein Vater, ist er hier bei dir, habt ihr hier euer Liebesnest, ja?" Sara kochte vor Wut.

Lisa war völlig perplex, sie spürte ihr Herz rasen, und von einem Moment auf den anderen fühlte sie sich so kraftlos, dass sie sich nicht mehr auf den Beinen halten konnte. Erschöpft ließ sie sich auf die Bank fallen und starrte Sara wortlos an.

„Wo ist er?" Sara sah sie noch zorniger an, und Lisa spürte in ihrem Blick die ganze aufgestaute Trauer, die sich über die Jahre wohl in Verachtung gegenüber Rainer und ihr verwandelt hatte. Sie wusste, alles was sie jetzt sagen würde, wäre falsch, und dennoch musste es wohl gesagt werden. Da lag ein hartes Stück Arbeit vor ihr.

„Ich nehme an mit „er" meinst du deinen Vater. Er ist nicht hier, und ich weiß auch nicht, wo er gerade ist, aber willst du nicht erst mal reinkommen?"

Lisa ging vor und legte erst mal ihren Rucksack ab. Sie musste einige Minuten warten, bis Sara ins Haus polterte und ihre Tasche in eine Ecke warf. Sie stand in dem kleinen Wohn- und Essraum und sah sich kritisch um. Ihr Blick blieb an der Pinnwand mit den vielen Postkarten aus aller Herren Länder hängen, wahrscheinlich vermutete sie, sie seien von ihrem Vater.

„Die sind von Stefan, er weiß, dass ich lieber Postkarten als SMS bekomme. Immer, wenn er wieder auf Reisen ist, schickt er mir eine aus der jeweiligen Region."

„Aha!"

„Willst du auch ein Bier? Ich brauch jetzt eins!" Jetzt erst gelang es Lisa, Sara richtig wahrzunehmen. Sie hatte ihre Haare wachsen lassen, die ihr markantes Gesicht in leichten Naturwellen umschmeichelten. Wie Marion damals, dachte Lisa. Eine schöne, wenn auch momentan zornige junge Frau, mit dem gewissen Etwas. Wenn Rainer das jetzt nur sehen könnte!

„Ich mag kein Bier!"

„Gut, was dann, Wasser, Saft, Wein oder einen Kaffee?" Das kann ja heiter werden, dachte Lisa und schmunzelte in sich hinein.

„Hast du 'ne Cola?"

Das war ja klar, hätte ich ihr eine Cola angeboten, hätte sie garantiert etwas anderes gewollt, von dem sie wusste, dass ich es nicht haben werde. Sie sieht zwar schon sehr erwachsen aus, aber ein bisschen ist sie wohl immer noch das kleine trotzige Mädchen von damals. Lisa musste unwillkürlich an eine Situation denken, die viele Jahre zurücklag. Sara war wohl so um die neun Jahre alt gewesen. Lisa hatte sich freigenommen, um den Nachmittag mit Sara zu verbringen. Es war einer dieser wunderschönen Spätsommertage, wenn die Sonne schon leicht schief am Himmel hängt, aber immer noch ausreichend wärmt. Sie gingen spazieren, erzählten sich dies und das und alles war gut. Dann kamen sie an einer Eisdiele vorbei und stellten sich gleich in die Schlange der Wartenden. Als sie endlich dran waren, hatten sie die Qual der Wahl, es gab so viele Sorten, dass Lisa sich nur schwer entscheiden konnte. Sara dagegen wollte beharrlich Pflaumeneis, wohl so gut wie die einzige Sorte, die es hier nicht gab! „Wie du selbst sehen kannst, gibt es hier kein

Pflaumeneis, such' dir eine andere Sorte aus, es gibt so viele", meinte Lisa. „Ich will aber Pflaumeneis!", schrie Sara. Selbst der freundliche Eisverkäufer konnte nichts bewirken, Sara blieb stur. Schließlich meinte Lisa genervt, entweder ein anderes oder eben gar keines. Sara bockte und blieb bei ihrem Pflaumeneis, bis Lisa sie am Arm wegzerren musste, um die Geduld der anderen Wartenden nicht weiter zu strapazieren.

Lisa erinnerte sich, dass sie damals Marion gefragt hatte, was es mit dem Pflaumeneis auf sich hatte und Marion meinte: „Was für Pflaumeneis, Sara hat noch nie Pflaumeneis gegessen." Die beiden sahen sich ratlos an, als Lisa Marion die Geschichte mit der Eisdiele erzählt hatte. Sie konnten sich beide diese überraschenden Anfälle von Sturheit bei Sara nie wirklich erklären.

Lisa schüttelte den Kopf: „Sorry, nein, hab ich nicht! Auch kein Pflaumeneis!"

Sara fragte irritiert, „Was für Pflaumeneis?"

„Ach nichts", meinte Lisa schmunzelnd.

Sara ging mit einem lauten Seufzer an ihre Tasche und holte sich eine Apfelschorle heraus. Sie trank in kleinen Schlucken, wohl weniger aus Durst, vielmehr um zu demonstrieren, dass sie von nichts und niemandem abhängig war.

Es entstand eine unangenehme Pause. Lisa nahm ihre Zigaretten und ihr Bier und setze sich draußen auf die Bank. Ich weiß nicht, ob ich dieser Situation gewachsen bin, Marion. Jahrelang habe ich auf sie gewartet, jetzt ist sie da und ich muss jeden Moment befürchten, dass ich sie wieder verliere!

Es wurde eine lange Nacht. Sara stellte all ihre Fragen und Lisa antwortete offen und ehrlich, sie erzählte ihr alles. Nur die Begegnung mit Rainer hier auf der Insel ließ sie aus. Sie saßen draußen, eingehüllt in Decken, mittlerweile war es drei Uhr nachts.

„Er ist einfach abgehauen, es ist ihm scheißegal, wie es mir geht. Er hat auch mein Zuhause verkauft. Er hat mich einfach allein gelassen, ich hasse ihn!

Sara war immer noch aufgebracht und zornig. Lisa ließ es über sich ergehen und versuchte, so gut wie möglich durchzuhalten.

„Sara, auch wenn du das jetzt nicht hören möchtest, aber du bist zuerst gegangen. Dein Vater ist daran fast zerbrochen und ich ebenso. Wir hatten eine solche Angst um dich! Rainer hat alles versucht, doch du wolltest ja nicht gefunden werden. Es war deine Entscheidung! Er hat jahrelang auf dich gewartet, jeden Tag aufs Neue gehofft, du würdest dich wenigstens mal melden … Ich befürchte, dir ist nicht klar, was du ihm angetan hast …"

„Ja, ja, nimm ihn nur wieder in Schutz! Jetzt bin ich

wohl wieder schuld an allem, was?"

Lisa horchte auf, „was für eine Schuld, wovon redest du?"

„Er ist schuld, er hat gesagt, dass es die falsche Zeitschrift war, er hat gesagt, ich soll eine andere holen. Wegen ihm kam ich zu spät und konnte mich von Mama nicht mehr verabschieden …!"

Sara brach in Tränen aus. Sie schluchzte jämmerlich, und all die über Jahre angestaute Trauer löste sich nun in heftigen, nicht enden wollenden Weinkrämpfen, bis ihre Augen rot und geschwollen waren und ihr T-Shirt nass von ihren Tränen. Lisa nahm sie in den Arm und versuchte zu verstehen, was sich Sara da wohl zurecht gedacht hatte.

Vogelgezwitscher weckte Lisa, irritiert und benommen brauchte sie einige Sekunden, um festzustellen, wo sie war. Sara lag schlafend in ihrem Arm, irgendwann waren sie beide wohl völlig erschöpft auf der Bank eingeschlafen. Sie fror, vorsichtig befreite sie sich aus ihrer Position, legte der schlafenden Sara ihre Decke unter den Kopf und eine zusätzliche über sie, dann ging sie unter die heiße Dusche.

Lisa hatte Frühstück gemacht und der Duft des frischen Kaffees hatte Sara wohl nach drinnen gelockt. Vorsichtig kam sie herein, den Blick abgewendet.

„Morgen."

„Guten Morgen, Sara, geht's etwas besser?" Lisa

erschrak geradezu. Sara sah schrecklich aus. Die Augen waren aufgequollen und stark gerötet, die Nase vom vielen Schnäuzen entzündet.

Mit einem leichten Kopfnicken setzte sie sich zu Lisa an den Tisch. Schweigend nahmen sie ihr Frühstück ein, dann war Lisa damit beschäftigt, die Katzen zu füttern, sie war froh, etwas anderes tun zu können.

Doch lange hielt sie das Schweigen nicht aus.

„Was du da gestern gesagt hast … Sara, ich befürchte, da ist was falsch bei dir angekommen. Marion … deine Mutter war bereit zu sterben, sie hat uns bewusst alle weggeschickt. Den letzten Schritt wollte sie alleine tun, so oder so, es hätte keine Rolle gespielt, ob du ein paar Minuten früher zurückgekommen wärst. Sie hatte sich bereits von uns verabschiedet und dann ist sie schnell und tapfer gestorben, so, wie sie auch gelebt hat."

Sara sah Lisa mit leerem Blick an. „Ich bin total kaputt, alles tut weh, ich leg mich nochmal hin."

Sie schlief den ganzen Tag und die anschließende Nacht durch. Lisa kontrollierte immer wieder, ob es irgendwelche besorgniserregenden Anzeichen gab, legte kühlende Kompressen auf Saras Augen und hoffte und wartete darauf, dass der Schlaf seine heilsame Wirkung zeigte.

Am nächsten Tag, als Lisa von ihrer morgendlichen Schwimmrunde zurückkam, war Sara bereits damit beschäftigt, das Frühstück herzurichten. Lisa sah erleichtert, dass es Sara besser ging und auch die Schwellungen und Rötungen fast vollständig verschwunden waren.

Sara stand wie gebannt vor der Kaffeemaschine und schien ihr bei der Arbeit zuzusehen, tatsächlich starrte sie auf ein Foto von Rainer, das sie wahrscheinlich an der Pinnwand gefunden hatte und nun in ihrer Hand hielt.

„Jetzt haben sie mich also beide verlassen … Was ist, wenn ihm was passiert ist, vielleicht ist er auch tot, und ich werde es nie erfahren …? Auf meine Mails kam keinerlei Reaktion, hat er sich bei dir mal gemeldet?"

Lisas Herz pochte wie wild, die gleichen Fragen waren ihr auch immer wieder durch den Kopf gegangen. Sie hatte ihm bisher zwei Mails geschickt und ebenfalls keine Rückmeldung erhalten. Gleichzeitig, wenn sie in sich hörte, wusste sie, dass er lebte und sie sich keine Sorgen machen musste. Dennoch, ihr Verstand traktierte sie regelmäßig mit diesen Fragen: Was ist, wenn …?

„Nein, er hat sich auch bei mir nicht gemeldet. Sara, dein Vater ist gegangen, weil du nicht zurückgekommen bist. Er hat dich nicht verlassen, auch wenn sich das jetzt so für dich anfühlt. Ich bin mir sehr sicher, dass es ihm weitestgehend gut geht, und er wird zurückkommen, wenn er so weit ist. Du bist auch erst gekommen, als du dazu bereit warst! Außerdem bist du längst kein Kind mehr, du bist 26 Jahre alt und erwachsen und triffst sonst auch deine eigenen Entscheidungen. Lebe dein Leben und hör auf damit, auf die anderen zu schauen, was sie alles falsch machen. Hab dich selbst im Blick und vertraue dir, dann kannst du auch anderen vertrauen ..."

Lisa musste sich ausbremsen, sie wollte nicht belehren, und doch war es einfach aus ihr herausgesprudelt.

„Sorry, ich rede zu viel!" Sie befürchtete bereits eine heftige Gegenreaktion von Sara, doch völlig verblüfft stellte sie fest, dass diese ausblieb. Sara sah sie an, wie wenn sie sie zum ersten Mal sehen würde, und nach einigen Sekunden der Stille meinte sie: „Ja, vielleicht ist das so ..."

Seit über drei Wochen war Sara jetzt bei Lisa, und mit jedem Tag wurde sie gelöster und offener, auch wenn Lisa manchmal den Eindruck hatte, es würde einen Schritt nach vorn und zwei zurück gehen. Es gab Tage, da hing Sara wie eine Klette an ihr und wollte alles wissen, was Lisa und Marion miteinander erlebt hatten. Wieder und wieder nahm Sara die Fotoalben in die Hand und stellte jede Menge Fragen. An anderen Tagen war Sara dann wieder völlig in sich gekehrt und distanziert, sodass Lisa kaum an sie herankam.

Doch heute war ein guter Tag, das spürte Lisa bereits beim Aufstehen! Sara saß draußen auf der Holzbank und sah aufs Meer.

„Es ist so schön hier, Lisa! Heute Nacht habe ich von Mama geträumt, ich weiß nicht mehr genau was, aber es war sehr intensiv. Dann bin ich aufgewacht und hab das Meer rauschen hören, so laut und stark und doch so beruhigend, dass ich gleich wieder eingeschlafen bin, ich hatte das Gefühl, in ihren Armen zu liegen, so geborgen habe ich mich gefühlt ... So nah, wie wir uns tatsächlich nie gewesen sind. Ist das nicht verrückt?"

Das Wetter war seit Wochen schön und beständig gewesen, doch das sollte sich nun ändern. Regen und Sturm waren angesagt, auch wenn davon noch nichts zu sehen war, das aufgewühlte Meer kündigte es bereits an. Lisa konnte nicht genug davon bekommen, wenn die Wellen so laut waren, dass sie alle anderen Geräusche erstickten, und so viel Energie in der Luft lag, dass man sich ständig wie frisch aufgeladen fühlte. Und sie freute sich sehr, dass Sara diese Energie nun auch spüren und zulassen konnte.

„Ja, das ist schon ein bisschen verrückt mit euch beiden ...", Lisa dachte an all die Gespräche mit Marion über Sara. Sie konnte Marions Worte hören: Was soll ich nur tun, ich liebe sie doch, aber sie ist oft so abweisend ...

„Sie hat dich dennoch sehr liebgehabt!"

„Vielleicht, aber ich hab's nicht gespürt, sie war die meiste Zeit mit sich selbst und ihrer Arbeit beschäftigt", konterte Sara wie aus der Pistole geschossen.

„Ach, Sara …", Lisa holte eines der Fotoalben, „hier drin findest du zig Beispiele, die das Gegenteil beweisen. Schau doch mal hier, wie ihr beide, Arm in Arm um die Wette strahlt!"

Sara verstummte, sie schaute sich die Fotos sehr nachdenklich und in Ruhe an.

„Ich hab das Gefühl, ich hab sie gar nicht richtig gekannt. Wer war meine Mutter, was hat sie gefühlt, was gedacht? Sie ist so weit weg …!" Sara sah Lisa verstört und fragend an.

Lisa hätte heulen können. „Was hältst du davon, wenn ich dir heute einige besondere Plätze zeige. Es waren die Lieblingsplätze deiner Mutter, als sie hier war. Sie meinte, dass sie sich dort am besten spüren konnte …" In Gedanken sah Lisa Marion vor sich, ihr strahlendes Lächeln, als sie beide oben auf dem Berg saßen und erstaunt feststellten, dass sie trotz des anstrengenden Anstiegs noch Energie zum Bäume ausreißen hätten.

„Lisa, hallo?"

„Oh, sorry, was hast du gesagt?"

„Wann wir losgehen?"

„Ach so, ja, am besten gleich nach dem Frühstück!"

Sie waren schon gut zwei Stunden unterwegs und näherten sich nun allmählich dem Gipfel. Der Weg war steil und steinig und auf dem Geröll konnte man leicht ausrutschen.

„Schau mal", meinte Lisa und zeigte nach oben, „über uns kreisen schon die Geier!"

Sara fragte irritiert: „Hier gibt's doch nicht wirklich Geier, oder?"

„Doch, ich denke es sind Bartgeier, ich kann es nicht genau sehen …"

„Aber die kreisen genau über uns, die haben uns im Visier." Sara blickte ängstlich nach oben.

„Darum dürfen wir hier auf keinen Fall runterfallen", meinte Lisa lächelnd und zeigte nach unten. Sie standen auf einem Felsvorsprung, von dem aus es wohl gut 200 Meter senkrecht runter ins tosende Meer ging. „Komm, lass uns weitergehen, die machen uns nichts, versprochen!"

Als sie den Gipfel endlich erreicht hatten, setzten sie sich Rücken an Rücken gelehnt auf den Boden und genossen den Weitblick.

„Genau hier saß ich damals mit deiner Mutter. Es kommt mir vor, als wäre es letzte Woche gewesen."

„Wo sie jetzt wohl ist … was glaubst du, passiert nach dem Tod mit uns?"

„Ich weiß es nicht, Sara. Ich denke mal, solange wir sie nicht vergessen, sind die Toten irgendwie bei uns, also ihre Energie. Ich führe ständig in Gedanken

Dialoge mit deiner Mutter!"

„Saß sie hier, wo ich jetzt sitze?"

„Ja."

„Ich glaub, ich kann sie spüren", meinte Sara leise.

Lisa schloss die Augen und konnte ihr Glück nicht fassen.

Der Abstieg war für Lisa beschwerlich, sie spürte ihre Knie und ihr Herz. Als sie endlich unten am Strand waren, wehte der Wind sie fast weg. Sie legten sich unter einen schützenden Felsvorsprung in den warmen Sand. Lisa erzählte Sara, wie sie damals mit Marion hier war.

„Ich weiß noch, wie sie meinte, Felsen, Wind, Sand und Meer, da braucht man wirklich sonst nichts mehr! Langsam verstehe ich, was dich hier hält … Und dann zog sie sich aus und sprang in die hohen Wellen. Irgendwie hatte sie vor nichts Angst, glaube ich."

„Ja, ich erinnere mich an einen Urlaub auf Teneriffa. Wir waren an so einem Surfer-Strand, die Wellen waren echt gigantisch! Keiner ging da ohne Brett rein, außer meine Mutter, die sprang einfach rein. Papa und ich hatten echt Angst, aber sie winkte uns immer wieder fröhlich zu." Sara sah versonnen aufs Meer. „Dagegen sind diese Wellen echt Kinderkram, trotzdem traue ich mich da nicht rein …"

Lisa erzählte ihr die Geschichte mit Detlef und wie

sie damals ihre Angst überwunden hatte und mitten in die großen Wellen gesprungen war.

Sie saßen einige Zeit, ohne ein Wort zu wechseln am Strand, jede versunken in Gedanken und Erinnerungen. Die Sonne stand als riesige, orangerote Kugel am Horizont und die starke Brandung übertönte alle anderen Geräusche. Kein Mensch kam hier an diese kleine Bucht, hier hatte Lisa schon viele Sonnenuntergänge beobachtet.

Plötzlich stand Sara auf, begann sich auszuziehen und ihre Klamotten demonstrativ in alle Richtungen in den Sand zu werfen. „Also, ich werde das jetzt tun!" Sie ging bis zu den Knien ins Wasser, die Wellen zerrten an ihr und der Wind tat ein Übriges. Sara fiel um und klatschte auf den Kiesstrand. „Mist, ich schaffe es nicht!"

Lisa half ihr auf: „Dort, wo sie sich brechen, da springen wir jetzt direkt hinein, mittenrein, okay? Augen zu und durch. Keine Angst, hier unten sind keine Felsen! Eins, zwei und los …"

Immer und immer wieder tauchten sie durch die Wellen. Sara war ganz begeistert und rief: „Es ist ja viel einfacher als ich immer dachte!"

Ja, dachte Lisa, manchmal ist das so.

Sara hatte sich verändert. Sie war offener geworden, auch irgendwie sanfter mit sich selbst, insbesondere aber auch, wenn sie über ihre Mutter sprach. Lisa hatte den Eindruck, ihr Ziel erreicht zu haben. Wenigstens das ist mir gelungen, Marion, und der Rest wird sich irgendwann auch noch fügen. Sie dachte an Rainer und wo er sich wohl befand. Sie konnte sich gut vorstellen, dass er sich irgendwo im Dschungel rumtrieb, fernab aller Zivilisation. Sie erinnerte sich, wie er ihr damals, kurz nach Saras Geburt, erzählt hatte, dass er sich immer schon gewünscht hatte, mal eine Zeit lang in eine völlig „andere" Welt abzutauchen, aber dass dieser Wunsch nun wohl erst mal hintangestellt werden musste. Er hatte ihr einige Bilder und Berichte gezeigt, von indigenen Stämmen, irgendwo zwischen Costa Rica und Nicaragua. In Gedanken hatte er wohl schon alles geplant. Da wollte ich hin, sagte er, aber bitte behalte es für dich. Marion weiß nichts davon, ich habe zu lange auf den richtigen Moment gewartet, und jetzt spielt es ja keine Rolle mehr.

Der richtige Moment kam nicht mehr, dachte Lisa, stattdessen kam Sara und stellte das Leben der beiden auf den Kopf. Der reiselustige Rainer entwickelte sich zum fürsorglichen Vater und Marion, die Kämpferin, versuchte alles unter einen Hut zu bekommen.

Sara kam von draußen rein, sie hatte lange mit einer Freundin telefoniert. „Sag mal Lisa, wäre es für

dich okay, wenn ich noch ein bisschen hier bleibe …
ich meine, vielleicht auch mehrere Wochen, ich fühl
mich so wohl hier?"

„Wenn dir die kleine Kammer als Zimmer genügt,
kannst du bleiben, solange du möchtest. Ist bei deiner
Freundin alles gut?"

„Ja, ja, ich hab bei ihr nur meine restlichen Sachen
untergestellt, ich würde die gerne abholen, und zu
Hause alles klarmachen und dann wiederkommen.
Ich freue mich, danke!" Sara fiel Lisa um den Hals,
Lisa konnte sich nicht mehr erinnern, wann sie das
zum letzten Mal gemacht hatte. „Ich freu mich auch!"

Eine Woche später war Lisa allein. Es war ein anderes Alleinsein als davor, sie fühlte sich einsam, ja
fast verlassen. Sie hatte gar nicht bemerkt, wie sehr sie
sich an Saras Anwesenheit gewöhnt hatte, wie selbstverständlich sie geworden war. Die Nachricht, dass
Sara künftig erst einmal bei ihr wohnen wollte, um
sich zu orientieren, wie es mit ihr weitergehen sollte,
freute Lisa unbändig. Sie konnte ihre Rückkehr kaum
erwarten. Sie nutzte die Zeit, um ihre Gedanken und
Gefühle aufzuschreiben. In ihren Tagebüchern hatte
sie alles schriftlich festgehalten. Es war für sie zu einer
Möglichkeit geworden, die Erlebnisse bewusster
wahrzunehmen und zu verarbeiten.

Und sie telefonierte lange mit Klaus und berichtete

ihm ganz stolz, wie sich alles mit Sara entwickelte und wie glücklich sie darüber war.

„Das freut mich echt für dich, aber ehrlich, ich hatte keinen Moment daran gezweifelt. Euch beide verbindet irgendwas, das war doch früher auch schon so. Und wie geht es dir sonst?"

„Alles gut, ich genieße mein Glück!" Ihr gelegentliches Herzrasen sowie die mittlerweile regelmäßigen kurzen Aussetzer hielt Lisa nicht für erwähnenswert.

„Wo treibt sich Stefan eigentlich gerade rum?"

„Mein Bruderherz hat sich für nächste Woche angekündigt, stell dir vor, angeblich hat er einen ganzen Tag Zeit! Ich glaub es erst, wenn es soweit ist ...", lachte Klaus.

„Sag ihm liebe Grüße von mir und dass er bei mir ruhig auch mal wieder vorbeischauen könnte, der Herr Starfotograf!"

Sie ratschten noch eine ganze Weile und Lisa dachte: Wie sich doch plötzlich alles zum Guten fügt, wie ein Puzzleteil ins andere passt und allmählich ein Bild entsteht.

Um nicht ständig in Gedanken auf Saras Rückkehr zu warten, beschäftigte sich Lisa mit allen möglichen liegen gebliebenen Arbeiten. Sie brachte ihren kleinen Garten in Ordnung, putzte das Häuschen von oben bis unten, kaufte Unmengen von Lebensmitteln ein, alles sollte gerichtet sein, denn Sara kam bereits in zwei

Tagen zurück. Als sie von ihren Einkäufen schwer beladen zurückkam, sah sie Theo in der Ferne auf einem seiner Streifzüge. Alles ist gut, dachte sie.

Das Unwetter war längst vorübergezogen, doch trotz Sonnenschein und blauem Himmel war das Meer immer noch aufgewühlt. Nachdem alles getan und gerichtet war, saß Lisa am Strand und ließ sich vom Meer berauschen. Fast schon melancholisch zog plötzlich ihr ganzes Leben an ihr vorüber. Die Menschen, die sie kennengelernt hatte, und die wenigen, die ihr wichtig waren. Lisa durchblätterte ihr Leben wie ein Bilderbuch. Sie sah sich als Fünfjährige, wie sie mit ihrem Freund Achim aus dem Kindergarten abgehauen war, wie stolz sie waren und den Tag dann mit Baumhütten bauen im nahe gelegen Wald verbracht hatten. Und trotz der Schimpftirade ihrer Eltern und dem nachfolgenden Hausarrest wusste Lisa damals schon, dass es richtig war, was sie getan hatte. Vielleicht war dieser kleine Ausbruch ein Anfang für die nachfolgenden Ausbrüche und Abbrüche in ihrem Leben.

Theo saß oben auf dem Steilfelsen. Sie winkte ihm zu, er winkte zurück. Lisa freute sich, ihn zu sehen. Mein Lebensretter, dachte sie.

Dann sprang sie voller Lebensfreude in die Wellen. Es war herrlich und sie konnte nicht genug bekommen. Sie ließ sich von den Wellen treiben, spürte ihre Kraft und merkte zu spät, dass sie sie immer weiter rauszogen.

Theo wunderte sich, was machte sie da, wieso schwamm sie so weit raus, was hatte sie denn vor. Die Wellen waren nach dem Unwetter immer noch sehr kräftig, insbesondere außerhalb der Bucht konnten sie einen gefährlich weit raus treiben, das müsste sie doch wissen. Theo war beunruhigt, sie war mittlerweile sehr weit draußen, bewegte sie sich überhaupt noch?

Wie eine lange heruntergedrückte und dann plötzlich losgelassene Spiralfeder sprang er auf, seine alten Knochen knacksten laut, dann rannte er los. Er ärgerte sich, während er so schnell er konnte den Berg runter lief, über seine alten Beine, die einfach nicht mehr so funktionierten, wie sie sollten. Als er laut keuchend endlich am Strand ankam, konnte er Lisa schon nicht mehr sehen. Er warf seine Schuhe in den Sand und hechtete ins Wasser, er kraulte, so schnell er konnte, in die Richtung, wo er meinte, sie zuletzt gesehen zu haben. Die Wellen zerrten umso mehr an ihm, je weiter er rausschwamm, doch er hatte keine Angst um sich selbst. Er musste sie retten, er musste es einfach tun.

Lisa war irritiert, wieso war sie plötzlich so weit draußen? Panisch versuchte sie, in Richtung Strand zu schwimmen, aber die Wellen kämpften gegen sie. Immer wieder schluckte sie Wasser, ihr Herz raste, dann setzte es aus. Diese Wellen sind nun wirklich zu stark für mich. Sie hatte noch ein letztes Bild vor Augen, wie Sara auf der Holzbank vor ihrem Haus saß, dann schluckte sie noch mehr Wasser und wurde bewusstlos.

Theo stieß an etwas, seit wann sind hier Felsen? Er tauchte ab und merkte, dass es Lisa war. Er packte sie an den Armen, sie bewegte sich nicht mehr. Die Wellen hatten eine unglaubliche Kraft, aber Theo war stärker. Er zog Lisa an Land und brüllte so laut er konnte, in der Hoffnung, irgendjemand würde ihn hören und Hilfe schicken. Mit letzter Kraft versuchte er, Lisas leblosen Körper wiederzubeleben. Verzweifelt schrie er sie an, lebe, verdammt noch mal, mach die Augen auf!
Dann schwanden seine Sinne, wie in dichtem Nebel und in Watte gepackt hörte er leise eine Sirene. Irgendjemand hatte ihn wohl gehört, er sah noch den Krankenwagen kommen, dann kippte er völlig entkräftet um.

Die herbeigeeilten Sanitäter fanden einen in sich zusammengesunkenen alten Mann neben einem leblosen Frauenkörper. Während sie nur noch den Tod der Frau feststellen konnten, kümmerten sie sich um den Mann, der unter Schock stand.

Theo saß auf der Holzbank vor Lisas Haus. Er konnte sein Versagen nicht fassen. Kraftlos und enttäuscht haderte er mit sich selbst. Ich bin zu nichts mehr zu gebrauchen, ein alter, nutzloser Krüppel, mein Leben macht keinen Sinn mehr.

Irgendwann raffte er sich auf, und ging in das stets unverschlossene Haus und suchte das Telefon. Mein Gott, wie leer es sich hier anfühlt. Er drückte auf Wahlwiederholung, er hatte keine Ahnung, wen er wohl erreichen würde.

Klaus nahm die Nachricht von Lisas Tod wie in einer Art Schockstarre auf. Innerhalb von Sekunden konnte er sich weder bewegen noch irgendwelche Worte formulieren. Er stand in seinem Wohnzimmer am Fenster, den Telefonhörer ans Ohr gedrückt und konnte einfach nichts tun. Die Nachricht sickerte langsam wie eine Tröpfchen-Infusion in ihn ein. Am anderen Ende der Leitung wurde aufgelegt.

Klaus konnte Sara nicht erreichen, ihr Handy war ausgeschaltet. Sie saß bereits im Flieger nach Berlin, um sich dort noch von den Leuten zu verabschieden, die sie so lange aufgenommen hatten. Von dort aus hatte sie bereits den Flug auf die Insel gebucht, voller Vorfreude auf das, was sie dort erwartete. Wer weiß, dachte sie, vielleicht bleibe ich ja sogar für immer dort, finde eine kleine Wohnung und einen Job?

Klaus war fast erleichtert, er hatte keine Vorstellung, wie er Sara das beibringen sollte. Auch wenn er wusste, dass er nicht drum herumkommen würde, es ihr zu sagen. Und Stefan? Den musste er auch noch anrufen …

Theo überwand seine menschenscheue Art und ging direkt auf Lisas Haus zu. Er hatte beobachtet, dass seit zwei Tagen zwei Männer und eine junge Frau im Haus waren. Die junge Frau kannte er ja bereits vom Sehen. Klaus, Stefan und Sara saßen vor dem Haus und versuchten, ihren Schmerz zu teilen, um ihn erträglicher zu machen. Irritiert sahen sie Theo an.

„Sie muss ins Meer … die Asche von Lisa!"

Sie sahen sich alle schweigend an, waren sich sofort einig und nickten stumm.

„Gut", meinte Theo, drehte sich um und ging.

Und so kam es, dass vier Tage später eine leere Urne, unter einem jungen Erdbeerbaum auf dem kleinen Dorffriedhof in die Erde gelassen wurde. Am nächsten Tag konnte Theo von seinem Felsen aus beobachten, wie die drei mit einem kleinen Ruderboot aufs völlig ruhige Meer hinausfuhren und die junge Frau eine Blechdose fest in den Händen hielt. Als sie außerhalb der Bucht waren, gaben sie Lisas Asche dem Element zurück, das sie am meisten geliebt hatte.

Sie winkten Theo zu, der bereits Rotz und Wasser heulte und sich sein Versagen immer noch nicht verzeihen konnte.

Am Abend hatten sie ein Abschiedsfeuer am Strand entzündet und tranken Bier und Schnaps, weil das jetzt einfach keiner von ihnen ohne Alkohol ausgehalten hätte. Theo sah den dreien aus sicherer Entfernung dabei zu, dann ging er zurück in sein Haus, packte sich einen kleinen Rucksack zurecht und zog sich in die Berge zurück.

Er sah keinen Sinn mehr in seinen Rundgängen. Ich konnte Lisa nicht retten, ich bin alt und nutzlos. Mein Körper will nicht mehr, ich will nicht mehr. Mit diesen Gedanken machte er sich auf den Weg zur Steilwand.

Zwei Tage später saßen Klaus, Stefan und Sara am Frühstückstisch in Lisas Haus und aßen, ohne jeglichen Appetit, ihre Brote. Eine bedrückende Stille hatte sich ausgebreitet. Die fertig gepackten Taschen von Klaus und Stefan standen in der Ecke. Ihre Flüge waren für heute Abend gebucht.

Klaus durchbrach das Schweigen und meinte an Sara gerichtet: „Und du bist dir wirklich sicher?"

„Ja, ganz sicher!" Sara sagte das ohne jeglichen spürbaren Zweifel in ihrer Stimme.

Sie hatte sich auf diese Frage bereits selbst die Antwort gegeben. Einen Tag und eine Nacht am Stück hatte sie Lisas Tagebücher und Briefe gelesen und so fast ihr ganzes Leben, mit allen Auf- und Abbrüchen, kennen gelernt. Sie wusste nun auch, dass Lisa und ihr Vater sich hier noch einmal getroffen hatten und konnte das, was die beiden füreinander empfanden, plötzlich völlig gelassen, sein lassen. Irgendwie, so dachte sie, wenn man es mal neutral betrachtet, haben die beiden ja auch wirklich gut zusammengepasst. Mit einem inneren Lächeln stellte sie fest, dass sie die drei Männer, die Lisa in ihrem Leben geliebt hatte, selbst auch sehr gern mochte. Und sie spürte, wie die Sehnsucht nach ihrem Vater immer größer wurde. Dass Lisa ihr das Haus und alles Ersparte vermacht hatte, hatte sie als Zeichen begriffen und schlagartig wurde ihr klar, was sie wollte.

„Du wirst hier niemanden haben, Theo ist verschwunden und ich denke, auf ihn solltest du nicht mehr als Beschützer zählen… wer weiß ob er je zurück kommt…"

„Wissen die Leute aus dem Dorf denn auch nicht, wo er sein könnte?", fragte Stefan an Klaus gewandt.

„Keiner weiß wo er ist, in seinem Haus hat man ihn nicht gefunden, auch keine Nachricht, oder so …"

„Vielleicht ist er schon bei Lisa im Meer …" meinte Sara traurig.

„Ja, vielleicht", meinten Klaus und Stefan wie aus einem Mund.

„Dennoch", Sara sah die beiden mit festem Blick an, „ich werde hierbleiben. Hier, in ihrem Haus wohnen und leben und mich um ihre Katzen kümmern. Ich weiß es ganz genau, hier ist mein Platz. Ich werde hier auf meinen Vater warten! Ich glaube, er wird bald kommen, irgendwie hab ich so ein Gefühl …"

Sie wusste, wenn er zurückkommen würde, und da war sie sich sehr sicher, würde er als erstes hierherkommen.

Klaus und Stefan sahen sich wissend an und dachten beide das Gleiche: Sara war auf einen Schlag erwachsen geworden!

Epilog

Theo saß am Rande der Steilküste. Er sah aufs Meer hinaus, dachte an Lisa, die fast neun Jahre in seinem alten Haus gelebt hatte. Das Haus, das damals sein Vater schon als Strandhaus genutzt hatte, und das Theo vor langer Zeit verlassen und verkauft hatte, nachdem Maria, seine große und zugleich heimliche Liebe, nach einer Wanderung über die Insel nicht mehr zurückkehrte. Ihr Leichnam wurde nie gefunden. Von der Beziehung zwischen Theo und Maria wusste niemand etwas, auch nicht, wo sie sich immer getroffen hatten. Maria war verheiratet gewesen. Ihr Mann ließ damals tagelang die ganze Insel nach ihr absuchen, ohne Erfolg.

Theo wusste, er würde sie nie wiedersehen. Sie war die einzige Frau in seinem Leben. Etwas in ihm zerbrach und er spürte damals schon, es würde nicht wieder heilen.

So wie jetzt, während er hier oben saß und aufs Meer schaute, er spürte, dass es nicht wieder gut werden würde. Er sank in sich zusammen und ließ sich fallen, den Aufschlag bekam er nicht mehr mit.

Zur gleichen Zeit wartete Rainer in Costa Rica am Flughafen von San José auf den Aufruf seines Rückfluges. Eine innere Unruhe hatte ihm signalisiert, dass es an der Zeit war, zurückzukommen. Als Erstes würde er Lisa aufsuchen, darauf hoffend, es würde ihnen gemeinsam gelingen, Sara zu finden. Die Sehnsucht nach seiner Tochter war unerträglich groß geworden.

Danke

Die Entstehung dieser kleinen Geschichte war für mich ein langer Weg. Diverse Wellen, in Form von inneren Hürden, mussten überwunden werden. Mein besonderer Dank gilt daher meinem Mann Erwin, der mir mit seiner Geduld und konstruktiven Kritik immer wieder weitergeholfen hat. Ebenso meinem Bruder Christoph, für seine stets ermutigende und kreative Unterstützung sowie für seine hilfreiche Begleitung auf dem Weg zur Veröffentlichung.

Ein herzliches Dankeschön an dieser Stelle auch an Andrea und Cordula für die wertvollen und professionellen Feedbacks. Und natürlich gilt mein Dank auch allen Testleser*innen, die mir wertvolle Rückmeldungen und Hinweise gegeben haben.

Regina Endraß wurde 1962 im Allgäu geboren. Schon in ihrer Jugend begann sie, ihre Gedanken in Form von Gedichten und Kurzgeschichten aufzuschreiben. Ihr beruflicher Weg führte sie von der Sozialpädagogik zur Unternehmensgründerin und schließlich zur Kommunikationstrainerin. Seit einigen Jahren hat sie ihre Liebe zum Schreiben wiederentdeckt. Die Geschichte „Und mittendrin kam die Kraft" ist ihr Plädoyer für ein selbstbestimmtes Leben.

Weitere Informationen zum Buch und zur Autorin unter:
www.reginaendrass.de

MIX

Papier | Fördert
gute Waldnutzung

FSC® C083411

Zeitfracht Medien GmbH
Ferdinand-Jühlke-Straße 7
99095 Erfurt, Deutschland
produktsicherheit@kolibri360.de